嘆きのウエディングドレス

ミシェル・リード 作

ハーレクイン・プレゼンツ 作家シリーズ 別冊

東京・ロンドン・トロント・パリ・ニューヨーク・アムステルダム
ハンブルク・ストックホルム・ミラノ・シドニー・マドリッド・ワルシャワ
ブダペスト・リオデジャネイロ・ルクセンブルク・フリブール・ムンバイ

THE DE SANTIS MARRIAGE

by Michelle Reid

Published by Harlequin Japan, a Division of K.K. HarperCollins Japan, 2023

ミシェル・リード

5人きょうだいの末っ子としてマンチェスターで育つ。現在は、仕事に忙しい夫と成人した2人の娘とともにチェシャーに住む。読書とバレエが好きで、機会があればテニスも楽しむ。執筆を始めると、家族のことも忘れるほど熱中してしまう。

1

親友の結婚式に先立つパーティはどれも華やかだったが、エリザベスはちっとも楽しめなかった。とりわけ今夜は気が重い。スカラ座で過ごさなければならないからだ。

彼女はいま、ミラノの高級ホテルの豪華なスイートルームにいた。これから一流のブティックであつらえたおしゃれなドレスに着替えるところだ。ドレスの値段は考えたくもない。それよりスカラ座での催しについて考えよう。こうしているあいだにも、イギリスでは父の事業が刻一刻と傾きつつあるのだけれど。

いくら親友ビアンカの結婚式でも、こんなときにイタリアまで出向く気にはなれなかった。ところが父にたしなめられたうえに、兄のマシューはなぜか父以上に怒った。

〝つまらないことを言うな。おまえは今回の件で、父さんにもっとつらい思いをさせたいのか？　予定どおりミラノに行ってこい。それと、ビアンカに伝えてくれ。大富豪をつかまえておめでとう、とな〟

兄の辛辣な言葉には、いま思い出しても苦々しい気持ちになる。ほかの男に恋をしたビアンカを、兄は決して許そうとしないのだ。

ビアンカ本人と彼女の両親から重ねて誘われたこともあり、結局エリザベスはミラノにやってきた。ドレス徹底的に逆らうより自分が折れるほうが楽だったからだ。本当は父のそばにいて力になりたかったのに。

けれど、いまはこのドレスを着るしかないのよ。

エリザベスは自分を戒め、額に垂れてきた髪をかきあげた。それからドレスのストラップを肩にかけ、鏡で仕上がりを確かめる。

とたんに彼女は顔を引きつらせた。ぴったり張りついたドレスが体のラインを必要以上に強調している。それに銀灰色の生地のせいで、肌の白さがやたらに目立つ。私もビアンカみたいに華奢で髪が黒ければいいのに！　これまでの二十二年間の人生で何度そう思ったことだろう。

でも、かなわぬ夢だ。私は背が高くて胸もヒップも豊かだし、癖のある長い髪は赤みがかった栗色だ。この髪は、どれほどピンで押さえようと、まったく言うことを聞いてくれない。透き通るような白い肌に銀灰色のドレスを着た姿は、まるで幽霊だ。

このドレスは、数カ月前に開かれた婚約パーティでビアンカが着たものだ。よく似合っていたのに、きのう彼女はうんざりした表情を浮かべ、エリザベスの目の前に突きだした。〝どうしてこんなものを買っちゃったのかしら？　こんな色、大嫌い。丈も合わないし、私の胸じゃ、たるんでしまうし〟

まあ、私なら、サイズに関しては問題ないけれど。エリザベスは唇を噛み、はちきれそうになっている襟もとを谷間の上まで引きあげた。ありがたいことに、前身ごろのコルセットが胸のふくらみをきちんと押さえてくれている。

あらためて鏡を見ると、胸以外は最初に思ったほどぴったりしていなかった。エリザベスは自分に言い聞かせた。実家が破産寸前の私にドレスを選ぶ自由なんてないのよ、と。

ため息をついたとき、不意にドアがノックされ、エリザベスははっとした。

「用意はできたかしら、エリザベス？」

ビアンカの母親の声だ。

「スカラ座は遅れるわけにはいかないのよ」

たしかにそのとおりだわ。エリザベスは慌てて答えた。「あと一分、待ってください」

スカラ座では、誰であろうと遅刻は許されない。これからエリザベスが会う、イタリア社交界きっての上流階級の面々でさえも。

エリザベスはかかとの高い銀色のミュールを履き、鏡を見ながら唇に無色のグロスを塗った。ビアンカがドレスと一緒に持ってきた真っ赤な口紅は、とても使う気にはなれない。

最後にもう一度、借り物づくしの我が身をあらためる。不意におかしくなり、エリザベスは久しぶりに声をたてて笑った。あと必要なものといえば、ビアンカが婚約者からもらった、あの大きなダイヤモンドの指輪くらいね。あれを質屋に持っていけば、父の借金なんかきれいに返済できるのに、さすがのビアンカもそこまで気前よくはなかった。

もちろん、それが不満というわけではない。ビアンカ・モレノと親友になったのは、イギリスの厳格な寄宿学校に押しこめられ、下界から切り離された最初の日だった。寄宿学校に入るまで、ビアンカはイタリア生まれの両親のもと、オーストラリアのシドニーで気ままな生活を送っていた。ところが、モレノ家は一夜にして富豪となった。イギリスの親類が急死したせいで、ロンドンを拠点とするモレノ社の経営権がビアンカの父親の手に転がりこんできたからだ。

一方、エリザベスが寄宿学校に入ったのは、母親と、地元の国会議員の情事という、とんでもないスキャンダルのせいだった。エリザベスが学校でからかいといじめの標的となり、父親が不憫に思って遠くの寄宿学校に転校させたのだ。

転校先でも状況は変わらなかったが、父によけいな心配をかけまいと、エリザベスは黙っていた。それでなくても、父はひどく打ちのめされていた。スキャンダルそのものに加え、母が家のお金を持ち逃げしたことにも。

そんな中でエリザベスはビアンカと出会い、互いに心を許せる仲となった。

黒い髪と黒い瞳を持つビアンカは積極的な性格で、気性が激しかった。反対に、エリザベスは消極的でおとなしかった。学校でのいじめと、家出をして以来一度も連絡のない母親のせいで、すっかり委縮してしまっていたのだ。

十二歳から十年間、二人はずっと一緒に過ごしてきた。そしてイタリア有数の名家に嫁ぐ親友のため、エリザベスは憂いをいっとき忘れることにした。来週の結婚式がすばらしいものになるなら、どんな協力も惜しまない覚悟だった。なにしろ、ビアンカの両親は渡航費や宿泊費を出してくれたうえに、華やかなパーティに出るための高価なドレスまで何着も用意してくれたのだから。たとえそれがビアンカのお下がりであっても。

エリザベスは感謝していた。こんなドレス、私にはとうてい用意できなかった。モレノ家のおかげでこうしてイタリアのミラノに滞在し、ビアンカの結婚式まで続くさまざまなパーティに参加できる。しかも、自分の家族の問題から解放されて。

ビアンカの結婚相手は、洗練された魅力にあふれる大富豪、ルチアーノ・ジェノヴェーセ・マルチェロ・デ・サンティスだ。親しい者からはルークと呼ばれる彼は、三十四歳にして巨大なデ・サンティス銀行の頭取を務めている。

エリザベスは急に緊張し、胸が震えるのを感じた。ベッドに投げかけてあったかぎ針編みの肩掛けをあわてて手に取り、体に巻きつける。どうしてこうなるの？　なぜか彼のことを考えると震えが走る。

彼はとても不思議な人だ。優雅で落ち着いた物腰にもかかわらず、浅黒い肌と引き締まった体に官能的な魅力を漂わせ、いつもエリザベスを当惑させた。

そんな彼に、ビアンカは子猫のように甘い声をあげてまつわりついている。彼女はイタリア人だもの、とエリザベスは思った。イギリス人に比べてイタリア人は開放的で、体に触れたりする感情表現も豊かだ。私とは違う。エリザベスの心は沈んだ。

私はあんなふうに男性に甘えたことはない。想像すらできない。それどころか、ルチアーノに近づくとその魅力に圧倒され、震えてしまう。好きなタイプじゃないのに。私にとって彼は雲の上の人よ。長身で、筋肉質のがっしりした体、おまけにおそろしくハンサムで、セクシーだ。そのうえひどく冷静で、神秘的なところがある。

エリザベスはビーズをあしらった小さなバッグを手に取り、ドアへ向かった。

ルチアーノ・デ・サンティスとはロンドンで初めて会った。数カ月前、ビアンカの両親が、娘婿となる彼をイギリスの友人に紹介する目的で開いた食事会での席だった。ルチアーノの姿に衝撃を受けたエリザベスは、彼をちらちら見てしまう自分をどうにも抑えきれなかった。だが、ビアンカが好きになるタイプとは思えなかった。

〝ねえ、どう思う？〟ビアンカがきいてきた。

〝なんだか近寄りがたいわ〟それまで感じたことのない奇妙な震えに襲われながらも、エリザベスは率直に答えた。〝私、あの人がすごく怖い〟

ビアンカは笑っただけだった。もっとも、彼女はなんにだって笑う。幸せの絶頂にいるのだから。

〝そのうち慣れるわよ、リジー。つき合ってみれば、そんなに怖くないわ〟

次に彼と会ったのはつい一週間前だったわ。そう思いながら、エリザベスはエレベーターのボタンを押した。彼はビアンカに会いにこのホテルへ来ていて、到着したばかりの私を目ざとく見つけたのだ。もちろんすぐに私のところへ来たわ。それが礼儀だもの。わかってはいても、初めて彼を見たときと同じあの震えを抑えることはできなかった。

なぜビアンカは君を空港まで迎えに行かなかったのかとルチアーノはまくしたてた。一瞬、彼の顔に怒りの色が差し、エリザベスは慌てて、もともと迎えは期待していなかったと執りなした。すると、彼は魅力的な唇をいかにも不満げに引き結んだ。

ルチアーノはエリザベスのためにスイートルームを用意させ、わざわざ部屋まで案内してくれた。いくらでもほかの者に命じることができただろうに。

あのとき、彼は私の腰にそっと手を添え、エレベーターの中に押しやった。それでまた例の震えが始まり、胸がひどく熱くなったため、私はおびえた猫のようにすばやく彼から離れた。いまから思えば、過剰反応もいいところだ。幸い、ルチアーノは何も言わず、あの冷静な目をじっと向けただけで腰から手を離した。

そしていま、エリザベスはそのときに乗ったエレベーターを待っていた。バルコニー風の中二階にみなが集まり、出かける前の一杯を楽しんでいるのだ。この一週間は伝染病患者さながらにルチアーノを避けてきたけれど、今夜はそうもいかない気がする。少人数だし、スカラ座に予約してあるボックス席は密室同然だ。彼からなるべく離れた席に座れるよう願うしかない。

エリザベスはエレベーターわきの壁にかけられた鏡に目をやった。額に落ちかかった髪を押しやったが、すぐ元に戻った。ヘアピンで留めてあるところも、どうせはねてくるに決まっている。でも、この癖毛を好き勝手にさせせたら、ますます顔の白さが際立ってしまう。灰色がかった緑色の瞳もいっそう大きく見えるだろう。

まるでおびえた兎(うさぎ)ね。エリザベスは鼻にしわを寄せて髪を引っ張り、それがまたくるくると元どおりになるさまを見つめた。

ちょうどそのとき、エレベーターのドアが開き、エリザベスは息をのんだ。ルチアーノが目の前に立っていたのだ。二人は目を見交わした。

「あら」エリザベスはどぎまぎして頬を染めた。見られてしまった。鏡に向かってあんなおかしな顔をしていたところを。「あなたもこのホテルに泊まっていらっしゃったの？　知らなかったわ」

ルチアーノの珍しい金色の瞳に、一瞬愉快そうな色が浮かんだ。「こんばんは、エリザベス。乗らないのかい？」彼は独特の低い声でいつもエリザベスと呼ぶ。イタリア語なまりのある、軽やかな口調で。

エリザベスは彼の全身に目を走らせた。伝統的な黒いシルクのタキシード姿で、エレベーターの奥の壁にもたれている。その姿勢であれば身長も多少は低く見え、威圧感もいくらか薄れるはずなのに、圧倒的な存在感は少しも変わらない。

またエレベーターで彼と二人きりになると思うと、エリザベスはにわかに緊張し、おぼつかない足どりで乗りこんだ。こわばった笑みを浮かべ、彼に背を向けてドアが閉じるのを見守る。

静寂が二人を包むなか、エリザベスは彼の視線を感じ、唇を噛んだ。

「今夜の君はとてもきれいだ」ルチアーノが小声で言った。

エリザベスは顔をしかめそうになった。ルチアーノにどう見えるかはわかっている。数カ月前に彼の婚約者がロンドンで着ていたドレスを身にまとっている哀れな友人……。

「まさか」エリザベスはそっけなく応じた。

エレベーターのドアが開き、中二階の優雅なラウンジバーが見えた。ほっとしてエリザベスが降りようとしたとき、ルチアーノの手がまた腰に添えられ、彼女は思わずその場に立ちつくした。

どうして？　どうして彼のそばにいると、いつもこうなってしまうの？

「出よう」ルチアーノが促した。

腰から離れない彼の手を意識しながら、エリザベスはエレベーターの外に足を踏みだした。まず、ビアンカの母親、ソフィアの姿が目に入る。輝くダイヤモンドをふんだんにあしらった黒いドレスが、とても魅力的だ。

「まあ、やっと来たわね、リジー」ソフィアはいそいそと二人のそばにやってきた。完璧な化粧が台なしになりそうなほど、不安げな顔をしている。「こんばんは、ルチアーノ」彼女は近々義理の息子となる男性に声をかけてから、エリザベスに視線を戻した。「ちょっといいかしら、リジー？」

「ええ、どうぞ」エリザベスはほほ笑み、穏やかな口調で答えた。この小柄で上品な女性は昔から心配症で、不安の種が尽きない。たいていは彼女の美しい娘に関することだけれど。「ビアンカったら、今度は何をしでかしたんです？」

ほんの冗談のつもりだったのに、背後に立つルチアーノが冷ややかに口を挟んだ。

「何もしていないことを願いたいね」

ソフィアの顔から血の気が引くのを見て、エリザベスは軽口をたたいたことを悔やんだ。娘の婚約者がそばにいると、ソフィアにとっては都合が悪いらしい。エリザベスは親友の母親のために口調を改めて言った。「いまのはただの冗談です」

静かな、それでいて厳しいエリザベスの口調に、ルチアーノが身を硬くする気配が伝わってきた。

彼はエリザベスの腰に手を添えたまま、体を倒してソフィアの両頬にキスをした。彼の温かな体とソフィアに挟まれる格好になり、エリザベスはいましがたの険を帯びた口調を後悔した。彼のしぐさは、明らかに義母となる人をなだめようとするものだったからだ。

「では、僕は失礼しよう」ルチアーノは低い声で言い、エリザベスの腰から手を離した。「内緒話は女性二人でご存分に」

彼はカウンターに歩み寄り、友人たちと挨拶を交わし始めた。その優雅な物腰に、エリザベスはつい見とれてしまった。

「ねえリジー、ビアンカはどうしちゃったのかしら？　教えてちょうだい」

エリザベスは目をしばたたいてルチアーノからソフィアに視線を転じた。

「あの子、このごろ変なのよ。いやなことばかり言って。いまだって、もう下りてきてルチアーノとお客様に挨拶をしなくてはいけないのに。さっきあなたに声をかけたあとであの子の部屋に行ったら、まだ着替えもすんでいなかったのよ！」

「昼食のとき、頭痛がするとかで部屋へ休みに行ったんです」エリザベスは思い出し、眉をひそめた。「寝ていたんじゃないかしら」

「どうりでベッドが乱れていたわけね」ソフィアはうなずいた。「それに、起き抜けだったみたいだし。私にわめきちらしたりして！」

「もう少しだけ、ビアンカが落ち着くのを待ちましょう」エリザベスはソフィアをなだめた。「それでも来ないようなら、私が引っ張ってきますから」

「癇癪を起こしたあの子に、そんなまねができるのはあなたしかいないわ、リジー」

婚約者のルチアーノにはできないのかしら？　少し不思議に思いながら、エリザベスはミセス・モレノの腕を取り、客たちが集まっているほうへ促した。すぐにビアンカの父親、ジョルジョが温かく迎えてくれ、エリザベスにビアンカの従兄を紹介してくれた。

ヴィート・モレノはエリザベスと同年代で、モレノ一族特有の美貌に恵まれた、黒髪と青い瞳の持ち主だった。「君がエリザベスか。今日の午後に着いてから、さんざん聞かされたよ」

「まあ、誰から？」

「もちろん、かわいい従妹からさ」ヴィートはにやりとした。「ビアンカときたら、しつこいくらい君の話をしていたよ。シドニーから移ったイギリスの堅苦しい学校で、最悪の生活から救ってくれたただ一人の友人だって」

「あなたはシドニーのモレノ家の方なのね。アクセントでわかるわ」

「そのとおり。君の前は、僕がビアンカの悪事の共犯者だったというわけさ」

「じゃあ、あなたが例の従兄なのね」エリザベスは笑った。「ずいぶん聞かされているわ」

「だったら、僕の魅力は地に落ちているな」ヴィートはわざとらしくため息をついた。

不意に目の前に優美なシャンパングラスが突きだされ、エリザベスははっと顔を上げてそれを受け取った。ルチアーノがそびえるように立っていた。

「あ、ありがとう」

ルチアーノはただうなずき、ヴィートにもうなずいてから去っていった。

彼の奇妙な態度に、エリザベスは内心首をかしげた。しかし、ヴィートがまた話しかけてきたので、彼女はルチアーノのことを頭から追い払った。もう近づかないでと願いながら。

時がたつにつれ、客は増えていった。しかしビアンカはいっこうに現れず、そのうち、いらだたしげに腕時計を見る客の姿も目立ち始めた。エリザベスはルチアーノにちらりと目をやった。彼は人ごみから離れた場所で携帯電話を使っている。表情が険しい。

ビアンカと話しているのかしら？　時間を守らない彼女に腹を立てるのは、これが初めてじゃないから、不思議はないけれど。

まあ慣れることよね、とエリザベスは携帯電話を閉じた彼に心の中で声をかけた。時間や場所にルーズなビアンカの性格は、周囲の者の頭痛の種だ。来週、彼女が時間どおりに教会に姿を見せたら、ルチアーノは幸運と言っていい。

しかし、刻々と時は過ぎ、さすがのエリザベスも腕時計を見ないではいられなくなった。ソフィアがすがるような目を向けてくる。ついに様子を見に行こうと決めたとき、エレベーターのドアが開いた。

全員がそちらに顔を向けた。ラウンジバーが静まり返り、ほっとした空気が流れる。やっとビアンカが現れたのだ。スカート部分がふんわり広がった、金色のシルクのドレスをまとっている。とても美しい。長い黒髪を驚くほどシンプルに結いあげ、愛らしい顔立ちとほっそりした首筋を際立たせている。耳と首にはダイヤモンドがきらめいていた。

あとは頭にティアラをのせればお姫様のできあがりね、とエリザベスは思った。

ビアンカはチョコレート色の大きな目でみなを見まわし、申し訳なさそうに唇をゆがめた。「みなさん、ごめんなさい、こんなに遅れてしまって」

歌うような澄んだ声に、みながどよめいた。

それでこそ、怖いもの知らずのビアンカだわ。エリザベスはひそかに称賛した。

そのとき、ルチアーノがさっと歩いていってビアンカの手を取り、唇に持っていった。彼の言葉は聞こえなかったものの、ビアンカの顔がぱっと輝いた。美しい唇が震えている。

彼女を愛しているのね。エリザベスは名状しがたい思いに胸をつかれた。眉をひそめて恋人たちから離れると、奇妙な感情はしだいに薄れていった。

一同は数台のリムジンに乗りこみ、スカラ座へ向かった。ヴィートはエリザベスの今夜のパートナーになるつもりのようで、大いに笑わせてくれた。そのおかげで彼女はリラックスでき、スカラ座の偉容もオペラも心から楽しめた。気持ちを乱されるルチアーノから離れていられたことも幸いした。

オペラのあとは郊外にある十六世紀の城に赴き、ディナーを楽しんだ。

エリザベスには、何もかもがすばらしい体験だった。上流階級の暮らしの一端を垣間見た程度だとしても。食事だけでなく、ダンスも楽しめた。ただ、ヴィートが彼女のグラスにワインをつぎ続けたせいで、ルチアーノからダンスに誘われたときは、かなり酔いがまわっていた。

どう断ろうかと考えるより先に肘をつかまれ、立たされた。「おいで」ルチアーノは言った。「新郎は、少なくとも一度は花嫁の付添人と踊る決まりになっている」

それは結婚式のあとのことだわ。そう思いつつも、例の震えがまた襲ってきて、エリザベスは何も言えなくなった。気づいたときには彼に引き寄せられ、ダンスフロアに立っていた。

ほの暗い照明の下、ゆったりした曲が流れ、女性歌手が情感たっぷりに歌っている。エリザベスは心臓が激しく打つのを感じながら、ルチアーノと踊った。男性の肌の温かさや筋肉質の硬い体に、すっかり心を乱されていた。

「力を抜いて」ルチアーノが声をかける。「ダンスは楽しむためのものだ」

彼の目がからかうようにきらめくのを見て、エリザベスは頬を赤らめた。「私、慣れていないから……」

「こうして男の腕に抱かれることに?」

「こんな靴で踊ることによ!」エリザベスはかっとなった。「そんな言い方は紳士らしくないわ」

ルチアーノは笑った。そのくぐもった声にはぞくぞくするような親密さがあり、エリザベスは胸の頂が硬くなるのを感じた。

「君は変わった人だな、エリザベス・ハドレー。美人なのに、人からそう言われるのを嫌う。僕がそばにいると緊張して身構えるくせに、ヴィートのような女たらしとは打ち解けている」

「彼は女たらしじゃないわ」

「疑うなら、シドニーのどこへでも電話して、彼の名を出してみるといい」

これはからかいじゃない。皮肉だわ。「私は彼のことが好きよ」エリザベスは負けじと言い返した。

「つまり、彼は君をうまく引っかけたわけだ」

「またそんな失礼なことを！」

ルチアーノが不意に身をかがめ、彼女の頬に唇を寄せた。「秘密を打ち明けよう、僕の美しい人（ミア・ベッラ）。僕は紳士ではない」

彼の体から立ちぼる男らしい香りに鼻を刺激され、エリザベスは慌てて頭を引いた。「ビアンカには紳士的に接したほうがいいわ」

ルチアーノは顔を上げ、笑った。さらに彼女を引き寄せ、さりげなく彼女の動きを支配する。身長差があるので、エリザベスの視界いっぱいに力強い顎が広がった。

二人はもう言葉を交わさなかった。ワインを飲みすぎたせいか、ダンスを続けるうちにエリザベスは彼のすべてを意識するようになった。指をかすめるタキシードのラペルのなめらかさや、喉もとの浅黒い肌とは対照的なシャツの白さまでも。

ルチアーノはすてきだわ。否定しても無駄よ。すべてが完璧だもの。黒髪のサテンのようなつややから、イタリア人らしい鼻筋や唇の形まで。

いまも続く官能的な歌声が心を震わせ、体に染みこんでくる。加えて酔いもあり、エリザベスはつい目を閉じて感情に身を任せた。ルチアーノの指が彼女の華奢な白い手を握り、もう片方の手が彼女の腰にあてがわれている。エリザベスはタキシードのラペルを無意識に撫(な)で、首筋に彼の息がかかるほどぴたりと寄り添っていた。肌が粟立つような感覚を味わいつつ、彼に導かれるままに動いた。彼の手が腰から背中に移動し、いっそう強く抱き寄せられる。

なんてすてきなのだろう。体が宙に浮き、全身がぞくぞくする。

エリザベスはすっかり気を許していた。そのことに気づいたのは、ルチアーノの喉もとに唇を押しつけ、その温かい肌を味わったときだった。

彼女ははっと我に返り、ショックに目を見開いて顔を離した。当惑し、自分がしたことの重大さを悟る。たちまち顔が真っ赤になった。

私ったら、ビアンカの婚約者にキスをして、舌まで這(は)わせてしまったんだわ！

2

「ああ、なんてことを」

エリザベスはうろたえ、身を震わせた。ルチアーノは踊るのをやめ、口もとに嘲笑(ちょうしょう)を浮かべて私を見ている。地面が二つに割れ、私をのみこんでくれたらいいのに。

「本当にごめんなさい」エリザベスはかすれた声で謝り、さっと彼から離れた。その拍子に転びそうになる。かかとの高いミュールのせいだ。

「むしろうれしいくらいだ、君の……敬意が」ルチアーノは手を伸ばし、彼女の体を支えた。「まあ、こんなこともあろうかと思ってテラスに出てきたんだ。好奇の目から逃れるためにね」

「テラスに？」エリザベスは呆然とあたりを見まわした。たしかに、二人が立っているのは暗いテラスだった。私ったら我を忘れ、彼に導かれるまま、いつの間にか出てきてしまったんだわ。開け放たれていたフレンチドアを抜け、涼しい屋外へ。

　エリザベスは慌てて後ずさった。今度は彼の腕から逃れ、なんとかまっすぐ立っていられた。いまも音楽は屋内から聞こえてくる。恥ずかしさのあまり血が沸騰しそうだった。死んでしまいたい。彼を見ることすらできない。どう弁解したらいいか、まったく思いつかないんだもの！

　一方、ルチアーノは落ち着き払っていた。どっしりした石の手すりにもたれ、軽く腕組みをしている。おもしろがっているんだわ。エリザベスはますますうろたえた。

「ワインのせいにすればいい」ルチアーノが穏やかな口調で言った。

　その提案にエリザベスは飛びついた。みっともない言い訳とはいえ、ありがたかった。「あまりお酒を飲み慣れていないから」

「そのようだな」

「それにヴィートが……」

「君のグラスにワインをつぎ続けていた」ルチアーノがあとを引き取る。

　エリザベスは驚いて彼を見あげた。「そんなことないわ」言い返したものの、喉をごくりと鳴らして言葉を継ぐ。「本当なの？」

「かわいそうに、エリザベス」ルチアーノは冷ややかに言った。「古典的なわなにはめられて」

　そのとき彼女は、自分がルチアーノにしたことを思い出した。彼から目をそらし、思うように動かない手をフレンチドアのほうに振ってみせる。

「私……もう向こうに……」

「戻って、もっと彼に酔わせてほしいと？」ルチアーノは遮るように尋ねた。

「違うわ」エリザベスは震える指を握り締め、わきに下ろした。「あなたは意地の悪いユーモア精神をお持ちなのね、シニョーレ」

「君のほうは、しっとりと温かい唇を持っているんだな、シニョリーナ」

もういや。これ以上我慢できない。私をからかって充分に楽しんだはずよ。エリザベスはきびすを返した。

「こんなところで、二人で何をしているの？」

不意に近くで女性の声があがった。

この二十二年間で、エリザベスはいまほどきまりの悪い思いをしたことはなかった。ルチアーノと婚約している親友が目の前に現れたのだ。

「君の……花嫁付添人が暑さにやられたものでね」ルチアーノは平然と答えた。「外の冷たい空気に当たらせようと思ったのさ」

「大丈夫なの、リジー？」ビアンカが心配そうに見つめた。「いやだ、本当だわ。あなた、顔が真っ赤よ」

立っているのがやっとのエリザベスは、申し訳なさと情けなさで、いたたまれない気持ちになった。

「君のいとこのせいだよ、ビアンカ」ルチアーノが言った。「エリザベスにつきっきりでワインをつぎ続けたんだ」

「ヴィートが？　もう、いけない人ね。でも私が言ったのよ。私の代わりにリジーの面倒を見てあげてって……」ビアンカがさっと歩み寄り、慰めるようにリジーの肩を抱いた。「お父様がとても厳格な方だから、あなたは夜更かしやパーティに不慣れなのよね。もちろんお酒だって」

「父はそれほど厳しくはないわ」エリザベスは口ごもりながら父を弁護した。

「いいえ、厳しすぎるわ」ビアンカがぴしゃりと返した。彼女は親友の父親に対する嫌悪を少しも隠そうとしない。二年前にマシューとの仲を引き裂かれたことがどうしても許せないのだ。「いまだに信じられないくらいよ、パーティざんまいになるとわかっているのに、あのお父様が今回の旅行を許すなんてね！　もっとも、娘にドレスもろくに持たせなかったけれど。私が貸してあげなかったら、あなた、父親好みのひどい服を着る羽目になっていたわ」

思いやりに欠ける言葉に、エリザベスは胸が痛んだ。これは、私がビアンカの婚約者にしたことに対する罰なのかしら？

意外にも、エリザベスをかばったのはルチアーノだった。「もういいだろう、ビアンカ。質素は別に罪じゃない。それに君の友達は……頭痛がしているんだ。きまりの悪い話を僕の前でぺらぺらしゃべられたら、よけいひどくなる」

「あら、ごめんなさい、リジー。私って、いやみよね」ビアンカは後悔の表情を浮かべた。「じゃあ、あなたをホテルに送っていくわ。私たちが早めに帰っても、この人は気にしないから。そうよね、ルーク？」

もし、私がルチアーノとテラスで何をしていたかビアンカが知ったら、どうなるのだろう？　エリザベスは、何も知らずに失言を悔やむビアンカを見て、涙が出そうになった。

「もちろん気にしないさ」ルチアーノはあっさり同意した。

「そんな……だめよ」エリザベスは自己嫌悪でどうにかなりそうだった。「あなたたち二人を祝うパーティなのに、ビアンカが引きあげるのはよくないわ。ヴィートが言っていたの、時差ぼけで眠いって。だから、私は彼と二人でホテルに戻るわ」

「いいえ、だめよ」ビアンカは譲らなかった。「それにヴィートも連れて帰るわ。あなたを酔わせたことを叱(しか)ってやらなくちゃ。ルークに車を手配してもらうから」

手すりにもたれていたルチアーノが体を起こした。エリザベスは顔を伏せ、すぐ前を通り過ぎて屋内に戻る彼から目をそらした。

正直に話すべきだわ。だけど、話したら、ビアンカはショックを受ける。決して許してくれず、二人の友情がこれで終わってしまうかもしれない。

でも、もしルチアーノが先に話してしまったら？　おもしろい話だと思って、婚約者に語って聞かせたら？　そんなことになったら、私はどうやって生きていけばいいの？

リムジンに乗りこむ直前、ルチアーノがエリザベスの腕にそっと触れた。「言うんじゃない。彼女は一生君を許さないぞ」

そのささやき声はエリザベスにしか聞こえなかった。胸中を読まれた気がして、彼女はどきっとした。

彼は続けた。「それから、多少なりとも分別があるなら、ヴィート・モレノには近づかないことだ」

そのあと彼は婚約者に近づき、おやすみの短いキスをした。

帰りの車中、ヴィートのおかげでエリザベスはずいぶん気が楽になった。彼とビアンカがしゃべっているあいだ、眠っているふりができたからだ。二人の会話は白熱していた。エリザベスを酔わせようとした行為について、ビアンカが腹を立てているに違いない。そう思い、エリザベスはあえて耳を傾けなかった。

そのうえ、本当に頭痛がし始めた。自己嫌悪からなかなか抜けだせないときは、いつもこの鈍い頭痛がする。ビアンカとヴィートがホテルのバーでもう一杯だけ飲むというので、エリザベスは一人で部屋にこもった。テラスでの失態を思い返さないようにしながら、彼女は枕(まくら)に顔をうずめて夜を過ごした。

だが、エリザベスはビアンカとヴィートの話を聞くべきだったのだ。もし聞いていたら、ビアンカが人生最大の過ちを犯す前に止められたかもしれない。それを思い知らされたのは、翌朝早く、ドアがけたたましくノックされ、大騒動が始まったときだった。

ソフィアが涙ながらに切々と訴えるあいだ、エリザベスはおののきながら聞いているしかなかった。

「あの子、行ってしまったの！」部屋に入ってくるなり、ビアンカの母親はヒステリックな声を喉の奥から絞りだした。「真夜中に荷物をまとめてホテルを出ていったのよ！　二人でずっとこんなことをたくらんでいたなんて。ビアンカはおくびにも出さなかったわ。よくもこんなまねを！　彼も彼よ、なんて恥知らずな！　人様に何を言われるか。残されたルチアーノはどうなるの？　ああ、私にはとても耐えられそうにないわ。世間に顔向けできない。輝かしい将来を捨ててしまうなんて、あの子ったらどうかしているわ。なぜ私たちがこんな目に遭うの？　あなたの浅はかなお兄さんも、どうしてあの子をいきなりさらっていくようなまねをしたわけ？」

驚きのあまり、エリザベスは息が止まりそうになった。相手はヴィートじゃなかったの？「マシューがビアンカを？　それはたしかなんですか？」

「もちろんよ！　マシューはきのうの午後このホテルに来たの。私があの子の部屋に行ったときはバスルームに隠れていたんだわ。考えられる？　あの子は何も身に着けていなかった。そのうえ、ベッドは乱れていたのよ！　何があったかは想像するまでもないわ。あなたも二人の計画を知っていたの、リジー？」

エリザベスは背筋を伸ばし、きっぱりと否定した。

「いいえ、私はいま、あなたと同じくらいショックを受けています」

「それが真実であることを願うわ」ミセス・モレノ

は冷ややかに応じた。「もしあなたがこの破廉恥なたくらみに一枚噛んでいたとしたら、決して許しませんからね！」

「私は、お話を聞いたとき、ビアンカの相手はヴィートだとばかり……」

「ヴィートですって？　彼はあの子の従兄よ！」

すさまじい怒りようにエリザベスは平謝りした。

「それで、誰かがルチアーノにこの件を知らせなくてはいけないの」ソフィアはすすり泣いた。「ビアンカはルチアーノ宛に書き置きを残しているけれど、彼はゆうべコモ湖の別荘に行ってしまったわ。明日行くことになっている私たちを迎える準備をしているの。夫はけさ用足しに出かけてしまったわ。困りものの娘が私たちを破滅させたことも知らないで」

デ・サンティス家の別荘は、コモ湖に面した崖の上に立っていた。淡いレモン色の外壁が午後の柔らかな日差しを浴びている。

エリザベスはベラージョから乗った水上タクシーを降り、デ・サンティス家専用の桟橋に足を踏みだした。緊張で胃がきりきり痛む。桟橋にはもう一隻、モーターボートがつながれていた。その輝く船体に比べると、水上タクシーはひどくみすぼらしく見えた。

ミラノからベラージョまでは、ビアンカの父親ジョルジョがタクシーを手配してくれた。彼と相談した結果、電話よりもじかに会って伝えるべきだという結論に達したのだ。最初、ジョルジョは自分で行くと言った。ところが、彼は心臓が弱く、いかにも具合が悪そうだった。それで、見かねたエリザベスが代役を買って出たのだ。

彼女自身、責任を感じていた。当事者の一人は実兄なのだから。とはいえ、昨夜の出来事を考えると、できればルチアーノとは会いたくなかった。

別荘へ続く石段の手前にある門を目指すうち、またあの震えに襲われた。早くも桟橋を離れた水上タクシーがエンジン音を響かせ、青い水面に白波を立てて去っていく。エリザベスは地球上で最悪の場所に一人取り残された気がした。

門の向こうから男性が現れ、射るような視線を投げかけている。きっとみっともない格好だと思っているんでしょうね、とエリザベスは胸の内でつぶやいた。髪はやたらとはねているし、服もぱっとしない。けさミセス・モレノが部屋に飛びこんできたときに慌てて着た、緑色のトップに白のカプリパンツという格好のままだ。

「ご用件を承りましょうか、シニョリーナ?」男性が丁寧なイタリア語で声をかけてきた。

「シニョール・デ・サンティス宛の手紙をことづかってまいりました」エリザベスは緊張して答えた。

「エリザベス・ハドレーと申します」

男性はうなずき、携帯電話を取りだした。片時も彼女から目を離さず、誰かと話している。それから再びうなずいて、門の鍵(かぎ)を開けて彼女を迎え入れた。

小声で礼を言い、彼の横を通り過ぎようとして、エリザベスは急に足を止めた。「あの……ベラージョへ戻るのに水上タクシーが必要なんです。いまの船にそのことを言い忘れてしまいました」

「お帰りの際は私が手配します」男性が請け合った。かすれた声でもう一度礼を言い、エリザベスは歩きだした。岩に刻まれた石段をのぼりきった先には、緑の芝地と手入れの行き届いた庭園が広がっていた。小道が別荘の石づくりのテラスまで続いている。別荘の上階の窓は開け放たれ、湖からのそよ風を迎え入れていた。

美しい。でも、いまはその美しさを味わう気になれない。エリザベスは不安に駆られ、緊張しきっていた。実のところ、怖くて何も考えられなかった。

テラスでは別の男性がエリザベスを出迎えた。軽く会釈をし、ついてくるよう促す。別荘の中は涼しかった。内装は暖色系を基調とし、美しいタペストリーや金色の額にはまった絵画が飾られている。男性は重々しい木のドアをいくつか通り抜けたあと、あるドアをノックして開けた。それからわきに下がり、入るよう彼女に指示した。

エリザベスは深呼吸をして室内に足を踏み入れた。すばらしい部屋だった。漆喰（しっくい）の天井は高く、いくつもの細長い窓から柔らかな金色の光が差しこんでいる。壁は白、磨き抜かれた床は焦茶色で、床と同色の重厚な調度が並び、いくつかのアルコーブには本がおさまっていた。一方の壁には、どっしりした石づくりの暖炉があった。

彼女はぜいたくな深紅の椅子や優雅なソファを見まわしてから、二つの窓のあいだに据えられた大きな机を凝視した。机の向こうに長身の男性が静かに立っている。

緊張のあまり喉を締めつけられ、エリザベスはいますぐ帰りたくなった。この人はもうビアンカの件を知っている。冷酷な顔を見ればわかる。

「僕宛の手紙を持ってきたんだろう？」

ルチアーノは促した。挨拶（あいさつ）もない。話しやすい雰囲気をつくろうという気遣いはまったくなかった。もっとも、そうした気遣いを彼が示さなければならない理由はさらさらない。

「どうして知っているの？」エリザベスは思いきって尋ねた。

彼の視線がさっとエリザベスの胸もとに落ち、すぐにそれた。「僕の妻になる以上、ビアンカは金目当ての悪党につけこまれやすい。だから、僕は警護スタッフに彼女を見張らせていた」

だったら、どうしてビアンカと兄の駆け落ちを止めなかったのかしら？　エリザベスはルチアーノにその疑問をぶつけたかった。しかし、細身のダークスーツに身を固め、厳しい顔をしている彼を前にすると、喉がふさがって言葉が出てこない。なんとか足を前に進めたものの、まるで針の上を歩いているようだった。

机の前で立ち止まり、彼女は手紙をその上に置いた。息苦しいほどに胸がどきどきする。彼の視線にさらされ、緊張の数秒が過ぎた。彼が手紙を手に取り、封を開けた。

ルチアーノが手紙を読むあいだ、気の遠くなりそうな沈黙が続いた。エリザベスはただ、彼の険しい顔を見守るしかなかった。婚約者にいいようにあしらわれ、心を打ち砕かれた男性には見えないのは、おそらくは彼のプライドゆえだろう。

「あの……お気の毒です」エリザベスは口ごもりながら声をかけた。適切な言葉ではないが、ほかに思い浮かばない。

ルチアーノはそっけなくうなずいた。手にしていた一枚の紙を、水晶のような瞳で見つめながら、机の上に戻す。「君は事前に何も知らされていなかったのか？」

不意に手のひらに痛みを感じ、エリザベスははっとした。あまりにきつく握りすぎたために爪が食いこんでいたのだ。「ええ、何も」

「ビアンカの家族は？」

エリザベスは困り果ててかぶりを振った。「あなたも、ゆうべあの場にいたからわかるでしょうけれど……ビアンカは輝いていたわ。だから……」

「僕の花嫁となる女性は、すばらしい幸運の光を浴びていたわけだ」ルチアーノは冷笑を浮かべてゆっくりと言った。

エリザベスは唇を引き結んで目を伏せた。いまとなっては明白だ。ビアンカは周囲を欺く名演技をやってのけたのだ。なんてひどい。すてきなロマンスの輝きが、世にも恐ろしいまがいものだったなんて。金色のドレスをまとい、王女さながらに優雅に歩いていたビアンカ。ルチアーノに寄り添い、目をきらきらさせて、いとしげに彼を見あげていたビアンカ。そんな二人を見て、なんてすてきなカップルだろうと、みなが嘆息していたのに。何事にも冷めた目を向けるルチアーノでさえ、美しい婚約者を見てほほ笑んだ。私はそれを心のどこかでうらやんでいた。王子様に恋をしてめでたく結ばれる女の子など、めったにいないもの。

ルチアーノは王子様ではないが、魅力的な王子たちと同じものを持って生まれてきた。見あげるような長身に精悍で端整な顔、見事な体形、それに途方もない富。それは、デ・サンティス家が何世紀ものあいだ政略結婚を繰り返してきた賜だ。王朝、とビアンカは呼んでいた。〝私は王家に嫁ぐの。それはね、私が由緒正しい名家の出だからよ〟と。

その皮肉っぽい物言いに衝撃を受け、エリザベスはきいた。〝でも、彼を愛しているんでしょう?〟

〝つまらないことをきかないで〟ビアンカは笑った。〝あなたも彼を見たでしょう? ルークに恋をしない女の子がいるかしら? チャンスさえあれば、あなただって彼と恋に落ちたはずよ〟

頭の中で響く声に後ろめたさを覚え、エリザベスは細い肩を震わせた。彼に惹かれているのは否定のしようがない。だからこそ、ゆうべの一件以来、罪悪感でどうにかなりそうなのだ。とはいえ、苦しんでいる理由はほかにもある。親友が多くの人を欺くという現実に直面しているからだ。いまにして思えば、彼を愛しているかという質問を、ビアンカはなんと巧みにかわしたことだろう。

ルチアーノがまた手紙を取りあげた。純白の紙を長い指でつかみ、読み返している。顔は冷ややかで無表情だ。しかし、唇を引き結び、呼吸のたびに動く鼻を見ていると、なぜか息もつけない。

怒っているんだわ。無理もない。打ちのめされているかどうかは、外見からは見当がつかないけれど。これまで見てきたかぎり、彼は何事にも動じない人のようだから。

冷厳、薄情、傲慢。彼が口を開くのを待つあいだ、エリザベスはそんな形容句を頭の中で並べていた。もちろん、すらりとした長身とか、端整な顔立ちとか、洗練された物腰とか、そういう形容もできるにしろ、それらは外見を表しているにすぎない。中身は最初にあげたものがすべてだ。

長い沈黙が続き、エリザベスの神経はすり減りそうだった。手紙はたしかに届けたのだから、もう出ていくべきだ。わかってはいても、なぜか彼を一人にして帰る気になれなかった。

きっと、まだ責任を感じているからだわ。たぶんルチアーノを気の毒に思っている。もっとも、それを知ったら、彼は憤慨するだろう。

よくわからない人だわ、いつ見ても。エリザベスは机の向こう側の彼から目を離せないまま、じっと立っていた。富と権力を握り、イタリア社交界に君臨しながら、ルチアーノはなぜかいつも孤独に見える。ビアンカといるときでさえ、彼には何か秘めたるものが感じられた。うまく説明できないが。

「あの……あなたが贈った婚約指輪はどこにあるのかと思っているんでしょう？」重苦しい沈黙に耐えきれなくなり、エリザベスは尋ねた。ビアンカの母親がその話をしていたときの光景が脳裏をかすめたのだ。

「いや」ルチアーノはあっさり否定した。「貧しい男と駆け落ちした以上、その指輪の運命は決まったようなものだ」

頬がかっと熱くなり、エリザベスは顔をしかめた。それでなくてもいたたまれないのに、追い打ちをかけるようなことを思い出させるとは。ビアンカの駆け落ちの相手は、実の兄なのだ。

「マシューは貧しくはないわ」エリザベスは兄をかばわないではいられなかった。兄をかばえるとしたら、その点くらいしかない。

「それは君の水準に照らし合わせてか？」

なんて傲慢な人だろう。エリザベスは怒りがわくのを感じた。彼に対して怒る権利などないとわかってはいても、どうしようもなかった。「私はそろそろ帰らせていただくわ」

きびすを返した彼女の背中にルチアーノのあざけりが飛んだ。「あの二人のように逃げだすのか？」

「違うわ」エリザベスは否定した。「かっとなって我を忘れる前に、帰ったほうがいいと思ったのよ」

「君でもかっとなるのか？」

「ええ」

彼女が向き直ったとき、ルチアーノはいつの間にか机をまわりこんでいた。机のへりに腰をあずけ、腕組みをしている。手紙は机の上に残したままだ。

エリザベスはあえいだ。彼に凝視され、これまでとは違う緊張を感じる。見られているのは、けさ慌てて着た緑色のトップに白いカプリパンツ、そして、手のつけられない乱れた髪だ。

昨夜、エリザベスはルチアーノに愚かなまねをした。けさは、ビアンカの母親に感情的な口調で責めたてられ、その声が頭にこびりついている。そのうえ今度は……こんなひどい格好でホテルから出てきたのか、と彼に思われている。

まったく！　軽蔑のこもった彼のまなざしに耐えながら、エリザベスは心の中でつぶやいた。震えが止まらない手で化粧ができるものなら、あなたもしてみるといいわ。見つめられるだけで胸が高鳴って神経がまいってしまいそうなプレイボーイと会うときには何を着ていくべきか、考えてごらんなさいよ。

「僕はずっと見ていたが、この一週間、君は気性の激しいビアンカをよく制御していたよ」

唐突に言われ、エリザベスは目をしばたたいた。

「ビアンカをなだめ、慰め、ときには笑わせていた。しかし、君が癇癪を起こしたところは一度も見ていない。ビアンカが君を侮辱したり困らせたりしたときでさえ。そんな君がなぜ僕に腹を立てる？」

「あなたが……私の家族を非難したからよ」

「僕が非難したのは君の兄さんだけだ」ルチアーノは指摘した。「非難する資格がないと思うか？」

もちろん、あるに決まっているわ。きのうのいま時分、ルチアーノは輝かしいカップルの一方だった。一週間後に控えたビアンカとの式は、イタリアで今年最大の結婚式になっただろう。ところがいまは、マスコミの格好の餌食になりかけている。そんな事態を招いた元凶は私の兄だ。

彼の言葉に胸を切り刻まれたような気分を味わいながらも、エリザベスは相手をなだめるように片方の手を振った。「兄を軽蔑する権利をあなたにあげるわ。そして私に腹を立てる権利も。私はあなたの花嫁と逃げた男の妹だから。でも……」昂然と顔を上げ、挑戦的な光を目にたたえる。「いまこの場で、私の家族があなたのような資産家でないことを嘲笑されたくはないわ」

「僕がそんなまねをしたかな？」

彼女は決然とうなずいた。今日、プライドを傷つけられたのは彼だけではない。私も兄のことでビアンカの両親からひどい言い方をされ、耐えがたい屈辱を受けたのだ。

「それなら、わびを言う」

彼の表情にも口調にも、謝罪のかけらすら感じられない。それでも、エリザベスは礼儀としてうなずいてみせた。「じゃあ、私はそろそろ失礼――」

「ここにはどうやって来たんだ？」

その問いかけに、エリザベスは彼のほうに向き直った。「ベラージョから水上タクシーで」

ルチアーノがうなずく。「ということは、僕が帰りの足を手配するまで、君はここにいるしかない」

「でも……桟橋にいた男性が、帰りの手配をしてくれると言ったわ」

「それは優先順位の問題だ、ミス・ハドレー。ここでは僕の指示が何よりも優先される」

権力をかさに着て、したい放題というわけね。エリザベスは何か言い返そうと開きかけた口を、はっと閉じた。ルチアーノは言い争いをしたいのだ。

先にけんかを売ったのは私かしら？　疑問がわいたものの、とにかくこの場所から早く逃げだすべきだと理性が教えた。彼はコモ湖畔のこのすばらしい別荘を所有し、ミラノにもアパートメントを持っている。だから、昨夜ホテルに泊まっていたのは意外だった。ビアンカの話では、忙しい彼は海外にも家を持ち、世界を飛びまわっているという。それも、ぜいたくな自家用ジェット機で。

そして、湖の桟橋には白く輝くモーターボートが係留されている。あれに乗ればほんの十分でベラージョに戻れる。なのに、彼はその指示を出さないつもりらしい。八つ当たりする相手が必要だから。そこにたまたま私が居合わせたわけね。

エリザベスは彼から目をそらした。だが、どうしていいかわからず、結局視線を戻した。「あなたって、心が狭いわ」やっとの思いで口にする。

「緑色だ」ルチアーノが突然つぶやいた。

「緑色って……何が？」彼女はぽかんとして尋ねた。

「怒っているときの、君の瞳の色さ。いつもは落ち着いた灰色なのに」

「そうね、追いつめられたら、鋭い短剣だって飛びだすわよ」エリザベスは言い返した。

「じゃあ試してみよう。君は今度の一件を知っていたんだろう?」

頭から決めつけるのね。「いいえ。さっきも説明したとおり、いっさい知らなかったわ」答えつつも、エリザベスは罪悪感でいっぱいだった。予測はできたかもしれない。けれど、考えないほうがずっと楽だったから、気づかないふりをしていたのかも。

「君が嘘(うそ)つきだとは知らなかったな、エリザベス」ルチアーノは冷ややかに言った。

「嘘じゃないわ!」エリザベスは自分自身にも腹を立てていた。自分がいま置かれているいまいましい立場にも。「こんなことになるなんて夢にも思わなかった。ただ、気づいてしかるべきだったとは思うし、そのことでは責任を感じているわ」

「彼らが昔、恋人同士だったと知っているから?」

なぜこの人はこんなに冷静でいられるの? エリザベスはいぶかった。「そのとおりよ」はっきり言おう。この人は傷つくような心を持ち合わせていないらしいから。「二年も前のことだけれど」

「若かりし恋人たち、か」

ルチアーノの口もとに微笑らしきものが浮かんだ。といっても、目は冷ややかだ。

彼の探るようなまなざしに耐えられず、エリザベスはため息をついた。「あなたの言うとおり、富の差はなんらかの影響を及ぼすわ。兄がビアンカに釣り合う相手になることは一生ないでしょうね」

「それに比べ、モレノ家の女性にとって、僕はすべての基準を満たしていると?」

エリザベスは肩をすくめてみせた。ほかに何ができるというの? たしかに彼はその基準を完全に満たしている。モレノ家にとって、美しい娘を嫁がせるのに最良の相手だ。中産階級のマシューは違う。なんとか私立学校(パブリック・スクール)で教育を受けたものの、それが精いっぱいだった。最近になって苦境に陥るまでは、父の小さな事業からの収入で、裕福とまではいかずともそれなりに満ち足りた暮らしを送ることができた。兄は父の事業を引き継ぎ、多くを求めない同じ中産階級のイギリス人女性と結婚するはずだった。

ところが、ビアンカは多くを求め続けるだろう。たとえモレノ家の財力で埋め合わせる事態になっても。そんなのは兄には耐えがたい屈辱だ。自尊心をひどく傷つけられたら、人は幸せにはなれない。

一方、ルチアーノはとてつもない資産家だ。いくら妻が浪費しようと痛くもかゆくもない。

「ビアンカはきっと戻ってくるわ。冷静になって頭を整理するのに少し時間がかかるでしょうが」

「心を整理するのには？」

鋭い指摘にエリザベスは眉を寄せた。「彼女は間違いなくあなたを愛しているわ。ただ、現実の結婚を前に動揺しただけ。心の準備ができていなかったのよ。あなたが待ってくださるなら、私が……」

彼の黒い眉が弧を描いた。「本気かい、ミス・ハドレー？　ビアンカが頭の整理をするまで、僕に待てと？」

「ええ」エリザベスは顎を突きだして続けた。「あなたがビアンカを愛しているなら」

「君は恋愛映画の見すぎだな。現実は君の考えているようにはならないよ」ルチアーノはもたれていた机から離れた。「来週の土曜日の朝が結婚式だ。僕は予定どおり式に臨む」

花嫁がいないのに？　エリザベスはまじまじと彼を見た。「彼女を見つけだして引きずってくるとでも？」ビアンカがルチアーノに引きずられて悲鳴をあげながら教会の通路を進んでくる光景が脳裏に浮かび、エリザベスは吹きだしそうになった。

「いや」ルチアーノは背後に長い指を伸ばし、ビアンカの手紙を取りあげた。それをゆっくりと丁寧に折りたたむ。「彼女の身代わりを立てる」

「身代わり？　あなたはそれでいいの？」

「ああ、充分さ」ルチアーノはうなずき、手紙を破ってくずかごに捨てた。

エリザベスは愕然(がくぜん)とした。いまの行為は、ビアンカなどその程度の存在にすぎないという意思表示にほかならない。なんて冷たい人なのだろう。彼女は気分が悪くなってきた。

「むろん、君は人生を立て直すため、迅速に行動する必要がある。だが僕が手を貸せば、いまからでも充分に間に合う」

エリザベスはくずかごから目を上げた。しばらくして彼の言葉が頭に染みこんだとたん、はっと後ろに飛びのいた。私に身代わりになれと？

「私……私の人生はいまのままでいいわ」

「だろうな。しかし、君の兄さんがハドレー社の銀行口座をからにしたと、明日僕が当局に訴えたら？　それでもこのままでいいと言えるかな？」

3

「そ、そんなこと、冗談にもならないわ」エリザベスの声はかすれていた。会話がいきなり不穏な方向に転じたせいで、心臓が早鐘を打ち始める。「腹が立って、誰かに八つ当たりしたくなる気持ちはわかるわ。でも、だからといって私の家族のことで嘘(うそ)をつく権利はないでしょう！」

「僕が非難したのは君の兄さんだけだ」ルチアーノはまたも指摘した。「そう、一人だけ。あとはまだ疑惑の段階だからな……現時点では」

彼の口から言葉が発せられるたびに、エリザベスのとまどいは大きくなった。「私の父を詐欺師だと疑っているの？　よくもそんなことを！」

「よくも言えたのは、僕が銀行家だからさ」ルチアーノはぴしゃりと返した。「それに銀行家だから、感情に左右されることもない」

「何を言っているのか、わけがわからないわ」エリザベスは困惑して彼を見つめた。

「では説明しよう。ビアンカはとても裕福だ」

「知っているわ」即座に言い返す。

「少しばかり……たとえば、家族ぐるみで画策すれば、彼女は信じこむかもしれない。突然、かつての恋人が金持ちになったと」

「一人になって静かに考える時間があなたには必要なようね」エリザベスはそっけなく言い、体の向きを変えて出ていこうとした。

「君とビアンカとの親密さが、僕は気になった」エリザベスの背中に向かって、ルチアーノはなおも話しかけた。「だから、君と君の家族についても調べたほうがいいと判断したんだ」

「調べる？」エリザベスはさっと振り返り、彼を見すえた。「よくもそんなまねができたものね」

「ビアンカの夫となる男の権利さ。彼女と君の親しさが理解できなかったんだ、ミス・ハドレー。ビアンカが君とは別世界の人間だということは、誰の目にも明らかだ。なのに、君はイタリアにいて、ミラノ一のホテルに宿泊し、彼女の家族に費用を持たせていた。裕福な友人たちの中で見劣りしないようにと、ビアンカが買ったドレスを身につけ、花嫁の付添役まで務める予定になっている」

「ええ、務める予定になっていたわ」エリザベスは反論した。なんでも悪く受け取る彼が腹立たしい。

「そうだな」ルチアーノはうなずいた。「で、調べたら何が出てきたと思う？　ハドレー社は一時的な資金難どころか、倒産寸前の状態だった。君の父親は借金で首がまわらない。長男はそんな経営状態にいや気が差し、会社から逃げだしたくてたまらなかった」

エリザベスは赤面した。「マシューは画家になりたかったの」

「いかにもロマンティックで、彼らしいな」ルチアーノはあざけった。「ハンサムで、芸術家肌で型破りな彼は、感情に振りまわされやすいビアンカにとっては完璧(かんぺき)なヒーロー、救世主に見えただろう。かたや冷静そのものの君は、ビアンカの目に、君の兄さん本来の姿が映らないよう誘導できるわけだ」

エリザベスは怒りに肩を震わせた。「私の家族をこき下ろすのは、それでおしまい？」ルチアーノの顔をひっぱたいてやりたい。

「ずいぶん高慢だな。気に入った」

「私はあなたが気に入らないわ」エリザベスは言い返した。「ビアンカとは十二歳のころからの友達よ。彼女がお金持ちで私がそうでなくても、二人のあいだでは問題にならなかった。本当の友情とはそういうものだからよ！　私の家族は生きるために懸命に働いているわ、シニョーレ。私の父は、物見遊山で世界じゅうをぶらぶらして人生を無駄に過ごすような生き方はしなかった。お気の毒に、あなたは大富豪ではあっても、壊れた家庭の落とし子なのよ。それから、たとえマシューが父や私とは違っていても、兄は家族の愛情というものをちゃんと知っている。だけど、いくらお金持ちでも、これほど冷酷で、こっそり他人の家を調べさせるような疑い深いあなたは、人から愛されるはずがないわ！」

「壊れた家庭だと！」ルチアーノは声を荒らげ、エリザベスをにらみつけた。「僕の家族についてずいぶんひねくれた見方をするんだな、ミス・ハドレー。そんな情報をどこでつかんだのか興味深いよ。そもそも、なぜそんなことを調べたのか知りたいな」

エリザベスは銃を向けられたかのようにぎくっとした。自分からわなに落ちるなんて。「それは……

ビアンカが……」彼についてインターネットで何時間も調べたことが後ろめたくなり、頬がかっと熱くなる。「ビアンカが言っていたわ。あなたと結婚するのは、自分が由緒正しい名家の出身だからで、王家に嫁ぐようなものだって。とても冷たくて事務的に聞こえたから、そのときは冗談だと思ったの。でもそうじゃなかったのね。冗談だったら、いまごろあなたはひどく傷ついて、途方に暮れているはずだもの。さっきの私への残酷な申し出も、考えつくことさえなかったはずよ！」一気にまくしたてて喉がつまり、息もできなくなる。

ルチアーノはそんな彼女を平然と見返した。「言いたいことはそれだけか？」

全身を震わせながら、エリザベスは唇を引き結んでうなずいた。

「だが」彼もうなずく。「僕の人格否定は終わりにして、僕たちの結婚の話に戻ろう」

「あなたと結婚なんかしないわ！」エリザベスは叫んだ。この人、頭がおかしいのかしら？

ルチアーノは机の向こうへと歩いていった。「ゆうべは僕にキスをしたじゃないか」

エリザベスは息をのんだ。忘れていてほしかったのに。「あれは、酔っていたから……」

「そうみたいだな」彼は引きだしから厚いファイルを取りだし、机の上に置いた。「むろん、あれもビアンカのたくらみから僕の目をそらすための策略だった可能性もあるが」

ゆうべの愚かな行為をわざと曲解した言い方に、エリザベスは呆然とした。何か言いたいが、言葉が出てこない。

ルチアーノは冷笑した。「何事にもさまざまな誤解はつきものだ、エリザベス。酔っ払ったかわいい恥ずかしがり屋の乙女に迫られて、僕は……いい気分だったよ。ところがいまは……」ファイルを開いて続ける。「こうして白日のもとで冷静になって考えると、事はずいぶん違って見えるものだ。こっちへ来て、このファイルを見るといい」

それは命令同然だった。エリザベスは全身の肌が焼けつくような感覚を覚えながら、おぼつかない足どりで机に歩み寄った。彼がくるりとファイルの向きを変え、長い指である部分を示す。

それは銀行が発行した証明書だった。ハドレーの名が一行目に記されている。

「こんなもの、どうやって手に入れたの?」エリザベスは消え入りそうな声で尋ねた。

「僕は銀行家だ。人脈をうまく使えば、なんだって手に入る」

その言葉にはもう一つの意味があることを、エリザベスは敏感に察した。

「ほら、ここを見たまえ」

指定された場所を見て、彼女は凍りついた。

「見てのとおり、ハドレー社の口座に大金が振りこまれている。日付は二日前だ」

言われるまでもなく、エリザベスはすでに理解していた。五百五十万ポンド……息をのむ金額だ。

「そして、その五百五十万ポンドが同じ日に引きだされている」

「まさか」ありえない。エリザベスはうろたえ、あえいだ。「父に連絡しなければ」真っ青な顔でふらふらとドアのほうへ向かう。

「誰にも連絡はさせない」非情な命令が室内に響き渡った。「現時点で、僕は事態を完璧に把握しているし、そのままにしておくつもりだ。ほかの人間がかかわると、面倒なことになりかねない」

「ほかの人間って?」エリザベスはまたも振り向いて尋ねる羽目になった。

「君のことさ」ルチアーノはぶっきらぼうに答え、続けた。「君がビアンカの手紙を持ってくるまで、僕はまだ疑問をいだいていた。君のお父さんは、会社の存続に必要な借り入れに成功しながら、なぜ即刻それを全額引きだし、別のところへ移すようなまねをしたのか、とね」

エリザベスはもはや立っていられなくなり、机のそばにある椅子に座りこんだ。頭の中が真っ白になり、何がなんだかわからなかった。

「この口座を操作できる者は、君のお父さんと兄さんしかいない。そして、駆け落ち。そこから何がわかるか考えてみたまえ、エリザベス。簡単な話じゃないか。君の兄さんが、ビアンカとの駆け落ちの資金として、その金を持ち逃げしたんだ。君も二人の失踪にひと役買っているなら、ここに残っていれば責任をとらされると覚悟しているはずだ」

自分がどんな立場に置かれているかなど、いまのエリザベスにはどうでもよかった。ひたすら父のことが心配だった。もし……いいえ、これは仮定の話ではない。いずれマシューのしたことを父は知るに違いない。そうしたら、父はきっと……。

「言っておくが、たとえ君が今回のことにまったく無関係であっても、責任はとってもらう」

非情な宣告にエリザベスはぞっとした。

「愚弄された埋め合わせをしてもらう。つまり、君はビアンカのウエディングドレスを着て、僕と結婚する。そういうことだ」

「冗談はやめて」エリザベスは立ちあがった。「こんな大変な事態になっているのに、そんな突拍子もないことをよく思いつけるわね」

次の瞬間、エリザベスは目を疑った。ルチアーノが笑っていたのだ。あいだに机がなかったら、飛びかかっているところだわ！「あなたと結婚なんかしません」なかば悲鳴になっていた。

「なぜだ？」ルチアーノは机の向こうの椅子にどさっと腰を下ろし、挑むようなまなざしをエリザベスに注いだ。「僕に何か問題でも？」

「ありすぎるわ」エリザベスはきっぱりと答えた。我が身を抱き締めるように腕を組みながらルチアーノをにらみつける。「あなたはライオンのような目をしているし」なんでこんなことを言うの！

「雄ライオンは縄張りにマーキングをして、自分の雌ライオンを守ろうとする」ルチアーノは悠然と応じた。「だが、狩りはしない」

「何を言いたいの？」

「僕には結婚する用意があるということさ」ルチアーノは肩をすくめた。「子供が欲しいんだ。いずれ妻になるビアンカがずっとそばにいたから、狩りの必要はなかった。そして、いまは君がいる」彼は金色の瞳でエリザベスを見すえた。「君も狩りをする必要はない。兄の盗み癖と僕への執心ぶりを知られ、身動きとれないんだから」

「おあいにくさま」エリザベスは硬い口調で告げた。「私はあなたにまったく魅力を感じていないわ」

「だったら、あの甘いキスはなんだったんだ？」

「いいかげんにして」この人ときたら、まるでおいしい骨をもらった犬みたいだわ。「あれはキスじゃないわ！　あなたの首筋に唇が当たっただけよ。それに、私は酔っていたわ」

「やましい欲望に何カ月も酔っていたんだ」ルチアーノはからかった。「君が僕に好意をいだいているのは、ロンドンで初めて会ったときから態度に表れていた。あのときの君は僕にのぼせあがっていた。ミラノのホテルのエレベーターで会ったときも同じだ。ゆうべ二人で踊ったときも、君の誘惑に負けてワルツのステップを踏みながらテラスに連れだしたときも、君の唇が僕の喉に触れたときも」

恥ずかしさで頬が燃えるように熱い。それでもエリザベスは言い返した。「あなたは十二歳も年上だわ。私から見れば完全におじさんよ、シニョーレ」

「三十四歳と二十二歳なら、手ごろな差じゃないかな、いとしい人（カーラ）」

　初めて〝カーラ〟と呼ばれ、エリザベスはまるで罪でも犯したように背筋を震わせた。

「僕はいまの君の年のころ、充分に女性と楽しんだ。だから、君と結婚したらそのときの経験を生かせるうえに、浮気に走るようなこともない。君のほうは、その若さと美しさと白くつややかな体を提供してくれればいい。それと誠実さもね。もちろん、君の親友や兄ではなく、実の父親を最悪のスキャンダルから救うと決めて結婚を承諾した場合の話だが」

「なんて冷酷な人なの」エリザベスは体の震えを抑えるために組んでいる腕に力をこめた。

「ベッドでは違うよ」

「たったそれだけなの？」エリザベスはかっとなった。「私は、ベッドではあなたの情熱とすばらしい手管を味わえるわけね。でも一歩そこを出たら、勝手気ままな大富豪のお飾りの年若い妻になって、あなたの体面を保つ役割を果たすんだわ。あなたは私に、愛情はおろか、好意すらいだいていないのに」

「愛情などというものは、美化されすぎた幻想だ」

「あなたの口から聞くと、そのとおりだと思うわ」

「僕の壊れた家庭への当てこすりか？」

「単に指摘しているだけよ、私はあなたを好きじゃないと」

「だが、僕を猛烈に求めている」ルチアーノは穏やかに応じた。

　エリザベスは顔をしかめ、身を硬くした。

「君は僕を見るだけで感じているじゃないか」ルチアーノは容赦なく言った。「ことベッドに関するかぎり僕との相性はぴったりだと、君は本能的に知っている。その思いがずっと君を悩ませている。いま僕が机のそちら側へまわって抱き寄せたら、君は干し草に火がついたように燃えあがるだろう」

「ベッドとシーツがなくても?」思わず皮肉がエリザベスの口をついて出た。自信満々の彼に一矢報いたつもりだった。しかし、彼は笑うばかりだ。悩ましいハスキーな声で。

「その気にさせてくれたら、僕はいつでもオーケーだよ、僕の美しい人(ミア・ベッラ)」

自信たっぷりに胸を反らし、のうのうと答えるルチアーノを見て、エリザベスは怒りに駆られ、つい挑発した。「じゃあ、もし私が、あなたのオフィスにふらりと現れ、数百万ユーロの商談で電話中のあなたをベッドに誘ったら?」

「それは君の妄想の一つかい?」

きき返され、エリザベスの首から上がさっと赤く染まった。

「もちろん、僕は君のために最善を尽くす。ただし、タイツははかずに来てくれ。ショーツは問題ないが、タイツはおもしろみがない。君の相手をしながら数百万ユーロ稼げというなら、やりやすくしてくれたほうが、君にとっても喜びは大きいだろうからね」

「まったく、あなたって人は」エリザベスは彼に背を向けた。こんなせりふをこうも尊大に言ってのけるなんて、信じられない。言わせた自分自身にも腹が立った。

「この手のゲームにかけては、経験がある分、君より一枚も二枚も上手というだけさ。もっとも、電話をかけながら机の上で、というのは僕もまだ経験がない。いつか二人で試してみよう」

エリザベスは肩を落とし、そこに両手を置いた。そうすれば、ルチアーノのとんでもない提案をはねつけておける気がして。言いだしたのは彼女だが、もはやそれは問題ではなかった。彼の言うとおり、この手のことに経験豊富な彼と張り合おうとしても、ますます泥沼にはまるだけだ。

「駆け落ちした恋人たちの行方を、君は知っているのか？」

唐突にきかれ、エリザベスはとっさに首を横に振った。「いいえ」

「では、後ろの窓から差す光を浴びて、君の髪が燃えているように見えるのは知っているかな？」

「お願いだから、こんなくだらないゲームはもうやめて」「ゲームじゃない」エリザベスは叫んだ。

いまや、ルチアーノは椅子の上ですっかりくつろいでいた。口にすることすべてが自信に満ち、大きな体からは欲望の波動が伝わってくる。油断は禁物で、決して目を離せない。なかば伏せた目の奥では金色の炎が燃え、口もとは快楽を約束するかのようにほころんでいる。さらに、挑発的な表情は、その約束を必ず果たすというメッセージをしきりに伝えていた。

「来週、君は僕と結婚するんだ。そうすれば、君はかつての恋人たちとはまったく異なる体験ができるだろう。失望ばかりのつまらないものではなく、骨までとろけるような感動的な体験が」

忌まわしい過去に触れられ、エリザベスは唖然とした。「誰があなたにそんな話を？」

「ビアンカ以外に誰がいる？」

かけがえのない親友が……この人に？　エリザベスはショックを受けた。

「彼女は君に恋人を二人紹介したが、どちらも一度きりの関係で終わったそうだな。当然、二人ともイギリス人だ。その方面の腕はたかが知れている」

「そんな話を持ちだして、腕の違いを証明したつもり？」全身が熱くなり、胸が痛い。この十年間のつき合いで、エリザベスはこれほどビアンカに失望したことはなかった。ごく個人的なことを、よくも他人に話せたものだわ。しかも、ひどい嘘を！「そうはいかないわ。それに、もうこれ以上あなたの話を聞くつもりもないの」

　エリザベスは彼に背を向けた。今度こそ出ていくつもりで。しかし、冷酷な声が彼女の背中を打った。

「僕と結婚すれば、君のお父さんを借金地獄から救ってやる。負債を肩代わりし、僕のスタッフを派遣して、ハドレー社の立て直しに力を貸そう」

　彼は話を続け、エリザベスを立ち止まらせた。

「再建のめどが立つまでは、僕が資金を提供しよう。もし結婚を断るのなら、横領の件を白日のもとにさらし、高みの見物としゃれこむよ」

　予定どおり挙式することでどうあっても体面を保つつもりなのだ、とエリザベスは思った。

「エリザベス、君は僕に借りがある」彼は強い口調でたたみかけた。「君が借りを返さないなら、君の家族に返してもらうまでだ。僕は君が欲しい。そうでなかったら、君には選択の自由すらないんだぞ」

「選択の自由ですって？　こんなの、ただの報復だわ」エリザベスはかぼそい声で言い返した。

「報復も情熱の一つの形だよ、僕の愛する人（アモーレ・ミア）。忠告しておく。報復という情熱に僕の血がまだたぎっているあいだに、申し出を受けることだ」

　なんて巧みに言葉を操る人だろう。ルチアーノの言葉に頭も心も縛られてしまう。エリザベスは混乱したまま窓辺に歩み寄り、輝く湖とその背後に広がる灰色の森に目をやった。それから、白い光の連なりにしか見えない、対岸のベラージョの町に。

　これほど近くなのに、あまりにも遠い。私は、ルチアーノが看守として君臨する孤島に配された囚人のようなものね。看守の許可がなければどこにも行けないのだから。

　それにしても、マシューはどうして駆け落ちなんかしたの？　一歳半しか違わない兄は自分の人生を選ぶ権利を父に頭から否定され、不満をいだいていた。それは理解できるけれど、今度の行動はあまりに愚かだ。父への意趣返しのつもりで、融資されたお金を横領したのかしら？ ビアンカが兄をそそのかしたのだろうか？ 二年前、二人の結婚をつぶしたのは父だった。

あのとき、ミセス・モレノは父に忠告した。二人の恋を阻もうとして会うのを禁じれば、ロミオとジュリエットの悲劇を生むだけだと。

結果的にはその忠告どおりになった。少なくともある程度は。どうか、二人が追いつめられて、毒をあおるような事態にだけはなりませんように。

とはいえ、二人の駆け落ち自体が、どうにも腑に落ちない。なぜなら別れたあと、あの二人にはそれぞれ新しい恋人ができたから。そのうちの一人、ビアンカの恋人がいま目の前にいて、私の返事を待っている。

実のところ、兄も親友も何一つ打ち明けてくれなかったという事実に、エリザベスは傷ついていた。でも、その点は納得できないこともない。教えれば私は止めるに違いないと、彼らにはわかっていたはずだから。

「いずれ二人が姿を現したら、どうなるの？」エリザベスはかすれた声で尋ねた。

「ビアンカは心変わりしただけだ。女性の特権さ」ルチアーノは淡々と答えた。「君の兄さんがどうなるかは、お父さんと取引銀行しだいだな」

ずいぶんはっきり言うのね。マシューの頭上にある斧が振り下ろされるかどうかはルチアーノしだいでもあるのに、彼はその点にはもう触れない。

いいえ、違う。それは私しだいなのだ。

「私はビアンカのウエディングドレスは着ないわ」エリザベスは言った。「教会での結婚式もしない。あなたが私に演じてほしいと思う役に必要不可欠なこと以外は、何一つ応じないわ。それから、仕事は辞めません。あなたがハドレー社に投じる資金を、全額返済しなくてはならないから」

「君には、すべて事前に決めてあるとおりに結婚してもらう」ルチアーノはエリザベスの要求をつっぱねた。「君は、僕が君のために選んだ贈り物は全部ありがたく受け取り、仕事は辞める」

エリザベスは窓辺から離れ、彼のほうに向き直った。「私を……ビアンカとするはずだった結婚式にそのままはめこもうとするなんてひどすぎる。だいいち役所が結婚を許可しないわ！」

「使い古された言葉だが、金がものを言う」

金がものを言う。たしかにそのとおりだ。「あなたなんか嫌い」

「それでも、君は誇り高く堂々とビアンカに取って代わるんだ。そして世間の目を欺くのさ。お互い相手なしで生きていられないのは、駆け落ちした二人ではなく僕たちのほうだと。それと、君が僕に返すのは、君の中に宿る僕たちの子供だけだ。それを念頭に置き、新婚のベッドで温かく誠実な気持ちで夫を迎えること。つまり、僕を求める自分の感情にあらがうな、ということさ」

「お願い、もう行ってもいいかしら？」エリザベスは取り乱し、いまにも涙がこぼれそうだった。

絞りだすような悲痛な声を聞き、ルチアーノは喉の奥でうなった。立ちあがり、彼女に近づこうとしたものの、はたと動きを止めて言った。

「あと少し」彼の魅力的な顔は、いかめしい冷ややかな表情に戻っていた。「まだ話し合うべきことが二、三残っている」

「話し合う？　それは、私にも意見を述べる余地があるという意味？」

「たぶん……」ルチアーノは顔をしかめた。「だが、君はそうはしないだろう。なぜなら、君の意見を聞くより先に、僕は君の父親から話を聞きたいからだ。むろん、話し合うためではない。それと、君をミラノのホテルには帰さない。たったいまからここに住むんだ」

エリザベスは震えだした唇を指で強く押さえた。

「まるでとらわれの身ね」

「違う」ルチアーノは否定した。「ここでなら、今夜マスコミに発表しても、そのあとの騒ぎから君を守れる。ミラノのホテルにいたら、手荒い攻勢を受けるはずだ。モレノ家も体面をつくろうのにさぞ苦労するに違いない。君は彼らを気の毒に思うだろうな。僕はなんとも思わないが」

「皮肉ね」エリザベスは笑い声をあげた。「彼らがなぜ私をここによこしたと思う？」

驚きにルチアーノの目が見開かれた。「僕を恐れたわけか。なるほど、それは僕たちに好都合だ」

「私は関係ないのに、二人でたくらんだような言い方はやめて」エリザベスは息をつまらせながら反論した。「私はただの駒だわ！　あなたが自分のプライドを守るために利用するだけの」

「駒がなければチェスはできない」

「もうたくさん！　ああ言えばこう言う……まったく腹立しい」

「気づかなかったな。そういう癖は直すように努めるよ」彼の口もとに皮肉っぽい笑みが浮かんだ。

エリザベスは深呼吸をしてから尋ねた。「今度こそ、もう行っていいかしら？」

彼は机の上の電話に手を伸ばして番号を押し、相手にイタリア語で矢継ぎ早に指示を出した。それに耳を傾けながら、その深みのある声に魅力を感じていることに気づき、エリザベスは自分をのろった。

「いまの話、少しは理解できたかな？」電話を終えるなり、ルチアーノがきいた。

「なんとなく」エリザベスはうなずいた。十年もビアンカとつき合ってきたので、イタリア語はある程度わかった。「私の部屋を用意させたのね」

「用意はすぐに終わる」

ルチアーノが机をまわりこんで近づいてきた。エリザベスは身構え、スタートの合図を待つランナーさながらに緊張した。「な、何かしら?」目の前で足を止めた彼にきく。

ルチアーノは無言のまま、いつもの落ち着き払った目で見つめていた。彼は右手を上げ、ひどく優しいしぐさでエリザベスの頬に触れた。彼女は小さなあえぎ声をもらした。さっさと彼から離れたいのに、思うに任せない。離れたりしたら、かえって知られたくないことを教える羽目になる気がしたからだ。

なんといっても、ルチアーノはすてきだもの。どんなに否定したくても、無理だ。冷酷で傲慢(ごうまん)、非情なまでに自らの意思を押し通し、冷静に見えても怒りは火のように激しい。それでも彼には危険なほどの魅力が備わっている。

ルチアーノはなかば目を閉じ、彼女の口もとに指でそっと触れた。「取り引きをしよう」男が親密な会話をするときの、くぐもった声で言う。「君の負債はキスで返済してくれればいい。そうだな……一度のキスが一ポンド。いまから始めよう」

ルチアーノの顔が近づいてきた。彼の唇が開かれ、彼の指がエリザベスの首筋を這(は)う。

押しのけるのよ。どうにか働いている頭の一部が叫んだ。だが彼女は身じろぎもせず、近づいてくる彼の顔を、息を凝らして見つめていた。

やるせないため息がエリザベスの口からもれたとたん、ルチアーノはそれを舌先ですくい取った。そしてキスをした。その優しい感触に、エリザベスは陶然となった。

やがてルチアーノは顔を少し離し、彼女の目を見て反応を探った。「灰色だ」ささやいて顔をしかめる。「もっと熱をこめないとだめだな」

再び顔を寄せ、長い指で彼女の顔を傾けてから、二度目のキスを受け入れさせる。今度のキスは濃厚で、エリザベスは全身がかっと熱くなった。思わずもらした自分のあえぎ声をぼんやりと耳にする。

すると、彼がまた顔を離した。「よし、ほとんど緑色になった。これで二ポンドの返済だな」ルチアーノは一瞬ほほ笑み、彼女から手を離すと、さっと背を向けて歩きだした。

彼が部屋を出ていき、一人取り残されたエリザベスは呆然と立ちつくした。私は返済のことなど頭になかった。彼の指摘どおり、私が彼を求めている証拠だわ。

何週間ものあいだ、彼に惹かれる気持ちと闘ってきた。だからこそ、キスをされただけで燃えあがってしまったのだ。そして、彼も私の反応を見逃さなかった。彼にしてみれば、取り引きは成立したも同然だわ。

4

世間は大騒ぎになった。ルチアーノの予測は的中し、マスコミの取材攻勢はすさまじかった。悔しいけれど、エリザベスは彼に感謝せずにはいられなかった。彼女はこの別荘にかくまわれ、ルチアーノの許可なしには誰も近づけない。彼女と電話で話すことさえ、誰にも許されていなかった。父親を除いて。

ようやくルチアーノの許可を得て連絡してみると、父は傷つき、怒り、当惑していた。よりによって自分の娘が、親友とその婚約者のあいだに割りこむなどとは、とうてい受け入れがたい話だったのだ。父は娘に失望していた。

〝いいかね、リジー。くれぐれも母親のまねだけは社への資金援助を継続するつもりだとも言明した。

　私だけがのけ者ね。父が母を引き合いに出したから、その理由はわかる。父は土曜日の結婚式に出席すると言った。ルチアーノがそう望んでいるからと。

　そしてモレノ夫妻は、娘の親友がいかにして哀れな娘から婚約者を奪ったかを、一日じゅうマスコミに訴えていた。

「私は〝略奪者〟なんですって」人格まで否定される原因をつくった張本人に、エリザベスは告げた。机の前をいらいらと歩きながら、受話器に向かって不満をぶつける。彼が三日前に湖畔の別荘を出たきり戻らないので、電話で話すしかないのだ。「マシューは白馬にまたがった救いの騎士。ビアンカは裏切られ、騎士に救われた乙女。そしてあなたは男性の夢をかなえた理想の人、花嫁の選択ミスを潔く認めて本当に望む相手をつかんだ大胆な男性！」

　ルチアーノの笑い声が聞こえ、彼女は腹が立った。

やめてくれ〟

　誤解とはいえ、父の言葉はあまりにひどく、エリザベスは深く傷ついた。

　その一方で、父はマシューを初めて褒めた。というのも、ビアンカを追ってミラノまで来た兄は、スキャンダルが公表される前に哀れな彼女を連れだした英雄になっていたからだ。

〝いや、マシューから連絡はない〟父は電話口で答えた。〝二人の行方も知らない〟

　いちばんの驚きは、マシューが銀行預金を持ち逃げした事実に父がまったく気づかなかったことだ。

〝銀行の不手際だよ。翌日には訂正されていた〟

　父はそう言って、まったく疑おうとしなかった。ルチアーノのことさえ、父はそれなりに評価していた。なにしろルチアーノは、彼とエリザベスが多くの人を悲しませたことに対して、誠実な謝罪をしてみせたからだ。もちろん、償いのためにハドレーしかし彼に怒ってみても、人から悪しざまに言われる状況に変わりはない……。

「あなたは私に責任をとらせると言ったけれど、本気だったのね」エリザベスは小声で続けた。

「この騒ぎさえおさまれば、君は全女性の羨望の的さ。間違いない」

「運よくハンサムな大富豪をつかまえたから？」傲慢なあなたらしい言いぐさね！　エリザベスは胸の内で言いつのった。「とてもじゃないけれど、運がいいなんて思えないわ。不当に利用された気がするだけよ。だから、あなたの弁護士が届けた婚前契約書に、私がサインをするとは思わないで。サインなどするものですか！」言うなり、彼女は乱暴に受話器を戻した。

それから一時間とたたずにルチアーノが帰ってきた。そのとき、エリザベスは自分の部屋にいた。コモ湖に面した美しい部屋だ。バルコニーもあるが、湖上の船から無数のカメラがねらっているため、一歩たりとも出ていない。ソファに横たわり、上の空で本を読んでいた彼女は、入ってきた彼に目もくれずに言った。「向こうへ行って」

すると、ルチアーノはつかつかと歩み寄り、契約書を彼女の膝にたたきつけた。「サインしたまえ」

エリザベスは無視した。いまの彼女は、青いミニスカートにレモン色のトップという格好で、素顔のままで靴も履いていない。そしてルチアーノ・デ・サンティスほど、飾りたてた恋人を見慣れている男はいなかった。

この場面にふさわしい万年筆が婚前契約書の上に置かれた。「サインするんだ」彼は繰り返した。

はねた髪をいじりながら、エリザベスは唇を引き結んだ。

ルチアーノが大きなため息をつき、彼女から離れた。ほどなく布のこすれ合う音が聞こえ、エリザベスがしかたなく目をやると、灰色の上着が椅子の背にかけてあった。背を向けていた彼が振り返ったとき、青い縞のシャツに巻いたネクタイは緩んでいた。

この人は商談をするつもりだわ。決然とした表情を見ればわかる。エリザベスは顔をそむけた。

ルチアーノが戻ってきた。契約書は彼女のむきだしの腿の上にのったままだ。彼は部屋を見まわし、ブロケード織の椅子をソファの近くまで持ってきて座った。

「いいか」ルチアーノは膝に両腕を置き、身を乗りだした。「その契約書に君がサインをしなければ、僕たちは結婚できない」

「それは残念ね」彼女はけんもほろろに応じた。

ルチアーノは息を吸い、なんとか穏やかな声を出して説得を試みた。「仕事上、必要なんだ。僕は大手銀行の頭取で、個人資産も巨額だ。君がこれにサインをしなければ、株主は僕を信用しなくなる。あの頭取は自分を守ることもできないのか、とね」

「正式に結婚しなくても、誰にも知られなければ問題は生じないはずよ」エリザベスは理にかなった意見を口にした。

「マスコミの連中は必ず突き止めるよ。そして、君は金目当ての強欲女、僕は哀れなまぬけと断定される」

「なるほど、私は金目当ての強欲な略奪女、となるわけね」エリザベスは肩をすくめた。万年筆が床に落ちる。「どうせもうさんざんに言われているわ。レッテルが一つ増えるだけでしょう？」

突然、ルチアーノはエリザベスの手から本を取りあげ、わきにほうった。それから万年筆を拾い、彼女の目の前に突きつけた。「サインしたまえ」

彼女は万年筆を見ただけで、受け取らなかった。

「頼むから」ルチアーノが言い添える。

彼女はため息をつき、真顔で言った。「離婚した場合の子供の引き取りに関する条項を削除してちょうだい」

無言のまま、ルチアーノは契約書の該当部分に万年筆で線を引き、流麗で力強いサインを添えた。

「それから、私が受け取る……いくらだったか忘れたけれど、その金額が書かれたところも削除して」

「だめだ」

「いやなら、話は終わりよ」

「じゃあ、終わりにしよう」彼は契約書を持って椅子から立ちあがり、背を向けて離れていった。「結婚は取りやめだ。一時間以内に荷づくりをすませ、ここから出ていってくれ、ミス・ハドレー。待ち構えている記者連中につかまりたくなければ、使用人用の裏口を使うことだな。それから、君の父親に伝えるのを忘れるな。僕が援助した資金のほかに、五百五十万ポンドの借金があることをね」

エリザベスはすばやく立ちあがった。「サインをすればいいんでしょう！」こんな事態を招いてしまった自分自身に腹が立ち、逆らう気力が失せていた。

ルチアーノが足を止めて振り向いた。その表情には冷徹さしか認められない。なんて巧妙なのかしら。エリザベスは心の中で嘆いた。

戻ってきた彼は上着を先ほどの椅子に投げ、無言のまま契約書と万年筆を突きだした。エリザベスは窓辺の小さなテーブルまで歩いていき、サインをすると、彼に向き直って契約書と万年筆を突き返した。

ルチアーノはそれを受け取るや、床に落とした。次の瞬間、エリザベスは彼の腕の中にいた。驚きに声をあげたくても、キスに口をふさがれてままならない。しかも心臓が荒々しく打ち、頭が混乱して何も考えられない。かろうじて、キスを通して感じられる彼の飢えと、筋肉質の体がこわばるのを意識していた。

彼の右手がエリザベスの髪を乱暴にまさぐり、腰にまわった左手が彼女をいっそう強く引き寄せる。男性が本気で情熱をぶつける際の激しさを、彼女はこのとき初めて知った。

　エリザベスが身を震わせて嗚咽をもらし始めると、ルチアーノはすばやく抱きあげてベッドに運んだ。ベッドに寝かされ、彼も一緒に横たわると思ったエリザベスは、必死に声を絞りだした。「やめて」

　ところが、ルチアーノは立ったまま彼女を見下ろしていた。大きく上下している胸のふくらみや、ぎゅっと丸めたはだしの指に熱い視線を注がれ、エリザベスは自分が小さく、弱々しい存在に思えた。

　ルチアーノはふくれあがった赤い唇に目を留めた。「これで三ポンドの返済だ、ミス・ハドレー」冷ややかに告げて背を向ける。それから契約書と万年筆を拾いあげ、上着を手に取って部屋から出ていった。

　けれども、エリザベスは見逃さなかった。ルチアーノの高い頬骨のあたりが赤黒く染まっていたのを。あれは抑えきれない欲望の表れだ。

　エリザベスはベッドで丸くなり、自らを抱き締めた。私はどうしてしまったの？　いつも冷静な彼が自制心を失うのを見て、なぜこんなにも心がときめくのかしら？　両膝をきつく閉じても、体の奥がしびれるような感覚は消えなかった。

　挙式当日の朝、著名なデザイナーが彼女のウエディングドレスを携え、ミラノからやってきた。ルチアーノと別荘の使用人以外の人間を見たのは、この一週間で初めてだった。

　電話で話をしたので、父がイタリアに来たことは知っている。ルチアーノがそう遠くない場所に滞在していることも。それに、自分が目下、マスコミの話題をさらっていることもメイドから聞いている。メイドは興奮して笑っていたが、エリザベスは不安でたまらなかった。平和で安全なこの屋敷を離れたら、何が私を待ち受けているの？

　ウエディングドレスは、ビアンカが着るはずだったものとは似ても似つかないものだった。エリザベスは胸を撫で下ろし、その美しさに感嘆した。サイズもぴったりで、デザイナーがどうやって仕上げたのか想像もつかない。もっとも、白いシルク地が揺れるギリシアふうのロマンティックなドレスは、なぜか彼女を当惑させた。身につけて鏡の前に立ってみると、体のラインがとても官能的に見えると同時に、清純さを感じさせるのだ。

　ルチアーノは花嫁をこんなふうに見せたいの？

「そんなに唇を噛まないで、シニョリーナ」デザイナーが顔をしかめて忠告した。「それ以上ふくらませなくても、あなたの豊かな唇はとっくにルチアーノを夢中にさせているんだから」

　エリザベスは唇を噛むのをやめ、シルクのようにまっすぐに流れている髪に目を移した。よく笑うメイドのカルラが癖毛を上手に抑えてくれたのだ。

「これでわかったよ。ルチアーノが世間の嘲笑を覚悟のうえで、美しいビアンカを捨てて、あなたを選んだ理由がね」デザイナーが感に堪えたように言った。

「言わないで」エリザベスは声を震わせて抗議した。

　ビアンカを侮辱するような言動は、誰であろうと許せない。エリザベスは友人に会いたかった。話をし、尋ねたかった。どうして兄のマシューと駆け落ちなんかしたの？　あなたはこれから私がしようとしていることを祝福してくれる？　もし祝福してくれないのなら……。

　エリザベスがこみあげる涙をのみこんだとき、ノックの音がして、ルイスが現れた。一週間前、彼女を最初に案内してくれた使用人のチーフだ。

「お出かけの時間です、シニョリーナ」

〝デ・サンティス〟のロゴをつけたヘリコプターが湖を見下ろす広い芝地に着陸した。いよいよルチアーノとの結婚式に臨むのだ。

教会に到着すると、父親がいた。その顔からは心労の色が消え、二週間前にサセックスの家を出たときより若々しく見えた。だが、その目に冷ややかな失望が宿っているのを認め、エリザベスは泣きたくなった。

「きれいだよ、エリザベス。母親そっくりだ」父は娘の頬にそっけないキスをした。

母親そっくり、とエリザベスは胸の内で繰り返した。ますます気がめいる。

それから父は、好奇心いっぱいの参列者が見守るなか、娘とともに教会の長い石の通路を歩いた。参列者のひそひそ声を聞きながら、二人で静かに進んでいく。その先には長身の男性が立っていた。

彼は灰白色のモーニングを着ていた。隣にいる父親と同じ正装の男性。いまのエリザベスは、ルチアーノのことをその程度にしか意識していなかった。ビアンカに会いたい。私の結婚式には彼女がいるはずだったのに。

そして、できるものならいまここで立ち止まり、父に許しを請いたい。父はいま、娘の行為に十年前の母の行為を重ねながら、こうして教会の通路を歩いているのだから。

花婿を略奪した女。身勝手な金目当ての強欲な女。そんな中傷を気に病むのはばかげている。けれど、わかっているからといって気が休まるわけではない。

そのとき、ルチアーノがエリザベスのほうを向いた。その真剣なまなざしに磁石のごとく吸い寄せられ、彼女はおぼつかない足どりでさらに数歩進み、彼の隣に立った。父親が娘の手を彼にあずけ、浅黒い指が彼女の震える手をしっかり握った。

伝統的で厳粛な儀式は滞りなく進み、美しいラテン語が教会の中に響くなか、ルチアーノとエリザベスは夫婦になった。

ルチアーノの誓いのキスを唇に受けた瞬間、エリザベスは身を切られるような悲しみに襲われた。

これで四ポンド。彼への負債を返すには一生かかるわ。ルチアーノが唇を離したとき、エリザベスはそう思った。

その思いが伝わったのか、ルチアーノがにやりとした。白い歯が輝き、傲慢な冷笑が口もとに浮かぶ。

次にエリザベスが意識したのは、教会を出たときのまぶしい日差しと、大勢の見物人たちの騒ぎようだった。ストロボの光が炸裂する。たちまちエリザベスはパニックに襲われ、ルチアーノに抱き寄せられた。ダークスーツ姿の警備員たちが二列になって壁をつくり、好奇心旺盛な見物人たちを制している。人垣で守られた安全な通路を、ルチアーノは花嫁を連れ、待機するリムジンを足早に目指した。車のドアを閉じるまで、ルチアーノは一瞬たりとも彼女の手を放さなかった。

二人が乗りこむなり、車は発進した。エリザベスの目に宿っていたおぼろげな輝きが消え、静かなリムジンの車内で彼女はふと我に返った。終わったんだわ。私はとんでもないことをしてしまった。親友の婚約者と結婚するなんて。息を吐いたとたん喉がつまり、エリザベスはむせた。

「どうやら、息の仕方は覚えているらしいな」ルチアーノが皮肉っぽく言う。

エリザベスは何も返す気になれなかった。視線を落とし、細く白い指にはまった金の指輪を見る。少し離れた彼の浅黒い指にも、おそろいの指輪が光っている。エリザベスは彼が指輪をつけるとは思いもせず、牧師から彼の指にはめるよう言われたときは驚いた。とはいえ、教会や参列者たちと同じく、この指輪もルチアーノがビアンカのために用意したものに違いない。

「僕はそこまで鈍感じゃない」彼が淡々と言った。

私の考えを読んだのね。エリザベスはどきっとした。私の意識まで我が物顔に支配するなんて。「じゃあ、このドレスと同じね。これもビアンカのものじゃないわ」

ルチアーノの目が鋭くなった。「そのドレスが気に入らないのか？」

この人、どこに目をつけているの？「とても気に入ったわ。こんなにロマンティックで美しいウエディングドレスを見たのは初めてよ」

「それを着た君もね……美しい人（ベリッシマ）」ルチアーノの声はかすれていた。「今日、あの通路を歩く君を見たら、僕の選んだ花嫁がなぜ君なのか、疑問に思う者は一人もいないだろう」

「望みどおりプライドを守れたというわけ？」エリザベスは辛辣（しんらつ）な笑みを浮かべた。「ただし、祝ってもらおうなんて期待しないでね、私にその気はないから」

「この結婚が理不尽だと思っているんだな」ルチアーノはつぶやくように言った。

理不尽なことばかりよ。自分の夫さえ選べず、この大事な日に無二の親友はそばにいない。しかも、父親の顔に、誇らしさではなく不満げな表情を見なくてはならないなんて。

エリザベスはため息をついた。「今度のことで、私は父を傷つけ、失望させてしまったわ」

「いまは僕を失望させかけている」

エリザベスがはっとしてルチアーノに目を向けると、彼の顔には強い怒りが浮かんでいた。

「僕たちは取り引きをしたんだ」ルチアーノは妻に思い出させた。「取り引きを成立させるには、この結婚を成功に導く基本的な要素を、お互い素直に認めるべきだろう」

私たちは互いに惹(ひ)かれ合っていると言いたいのね。

エリザベスは言い返そうと口を開きかけたが、伸びてきた彼の指に唇を押さえられた。

「気をつけろよ、僕の美しい奥さん(ラ・ミア・モーリエ・ベッラ)。その向こう見ずな口のせいで、痛い目を見ないようにな。君の父親はいずれ、自分にとって僕たちの結婚がいかに幸運かを考えるようになる。そうすれば、すぐに立ち直る。夫に対する君の失望やわだかまりも、僕が最初のベッドで吹き飛ばしてみせる。それから……」

彼女が目をそらさないよう強いまなざしを向け、先を続ける。「僕も君への失望から立ち直るだろう。君が自分を哀れむのをやめ、自分のいまの身の上を思い出したらね、シニョーラ・デ・サンティス。なにしろその名は、君をこの僕の妻とし、僕の子の母親とする。さらに君を、由緒正しきデ・サンティスの名を守るべき者にもするだろう」そこまで言ってルチアーノは急に黙りこんだ。

エリザベスはいぶかった。いまの話の何かがルチアーノ自身の心にはね返ったのだ。彼にも弱みがあるなんて驚きだわ。

「名演説ね」エリザベスは彼の指を唇から引きはがした。「息をのむほど傲慢なうえに、たいそう立派な自分がいかにも誇らしげで。聞いた私も、自分のみじめな立場を思い知るべきなんでしょうね」

「だが、そうはならなかったと?」ルチアーノの眉が上がる。

胸の高鳴りを覚えながらも、エリザベスはうなずいた。彼の指を持ったままでいること……というより、彼の手に握られたままでいることには気づきもしないで。「あなたはプライドを守るために、私を脅迫して結婚した。何を言おうと、あなたがそういう人間であることに変わりはないもの。そして私は、あなたの体面を保つためにお金で買われた妻よ」

「大喜びで君の後釜(あとがま)に座りたいという女性が何人い

ると思う?」

「何百人といるでしょうね」エリザベスは冷ややかに答えた。「だけど、わざわざ狩りをするよりこうしたほうが便利だと言ったのは、あなたじゃなかった?」

「のみこみが早いな」ルチアーノは微笑し、彼女の指を握る手に力をこめた。

そのとたん、エリザベスは彼の膝の上に引き倒された。驚きの声をあげるより先に、情熱的なキスで唇をふさがれる。濃厚なキスは、エリザベスの情熱をかきたてるように計算されていたのだろう。ルチアーノが顔を上げたときには、彼女は息が上がり、頭がぼうっとしていた。ずきずきと痛む唇を彼の指がそっとなぞる。

「ほら、僕は狩りをする必要などないんだ」

あらがいもせずキスに応じた自分がいまいましく、情けない。エリザベスは慌ててルチアーノの膝から上体を起こした。そして、しわだらけになったドレスを手で撫でつけようとしたところを彼に見られ、目の奥が焼けるように痛んだ。ルチアーノのすさまじい性的魅力を、体がうずくほどに強く感じる。何よりたちが悪いのは、彼が楽しんでいることだ。

「忠告したじゃないか、いとしい人(カーラ)。この手のゲームは僕のほうがはるかに経験豊富だと」ルチアーノは隣でのんびり手足を伸ばしていた。「少しは賢くなって、僕を挑発するのは控えるべきだな」

車のスピードが落ちたので、エリザベスは窓の外に目をやった。いつの間にか湖畔の別荘に戻っていた。驚いたことに、別荘には桟橋側からとは別の行き方があったのだ。重厚な鉄製の扉が開くと、車はそこを通り抜け、手入れの行き届いた庭園を経て、屋敷の横手にある屋根つきポーチの下で止まった。

この屋敷に滞在して何日かたったが、そのあいだ、エリザベスは一歩も外に出なかった。コモ湖の船上からねらっているマスコミに、写真を撮られたくなかったからだ。ところが、差しだされたルチアーノの手を取って車を降りたとき、彼女は仰天した。湖が見えない！　崖に沿って頑丈な白いキャンバス地の壁が張り巡らされ、湖を隠しているのだ。マスコミ対策に違いない。

これから始まる上流階級の見世物を思うと、エリザベスはおじけづいた。いつもお得意のユーモアで元気づけてくれるビアンカがここにいてくれたら、難なく切り抜けられるのに。けれど、もしビアンカがいたら、このウエディングドレスも、人々の注目も、彼女のものだった。そして私は、華やかな結婚式の背景に溶けこんでいただろう。

だが現実は、私が溶けて消えてしまうことを許してくれない。私は新郎と並んで立ち、教会から流れてくる客を迎えなくてはならないのだ。

どうせ彼の客だわ、とエリザベスは自分に言い聞かせた。そしてこれは彼の結婚式。私の知り合いは父を除けば一人も招かれていない。

やがて父が到着したものの、その表情にはまだ娘への非難があり、抱擁は形ばかりだった。娘はまなざしで許しを請うた。しかし、父親の目に映っているのはかつての妻と同類の女であり、とうてい許す気にはなれないのだろう。

エリザベスは唯一の味方に見捨てられたも同然だった。背を向けて離れていく父を見守りながら、彼女は必死に涙をこらえた。

「いまのはどういうことだったのか説明してくれ」

隣に立つルチアーノが言った。

エリザベスは無言で首を横に振った。ルチアーノのような人にはわからない。誰かに非難される重みに押しつぶされる気持ちなんて。花嫁をさっさと取り替えるという大騒動を起こしても、多少きまりが悪い程度にしか感じない人だもの。母が家を出ていってから何年ものあいだ、私は母とは違う誠実な娘だと父が思えるよう、努力してきた。なのに、この美しい屋敷で美しいドレスをまとっていながら、頼るべき唯一の人に拒絶されるつらさを味わっている。父に認めてもらおうと長年にわたって重ねてきた努力は、すべて無意味だったのだろうか？　そして、こんなにも胸を痛めるのも無意味なの？

上品な客たちがひっきりなしにやってくる。エリザベスは彼らをほほ笑みで迎えた。冷ややかな好奇の目にも、礼儀正しい挨拶にも、さらには無礼な感想にも耐えた。心は沈んでいても、顔は穏やかな表情を保ち続けた。ルチアーノは彼女を片時も自分のそばから離さず、片手を彼女の腰に添えていた。

来訪者の列がようやくとぎれ、二人は談笑する客たちのあいだを縫って歩いた。ルチアーノは花嫁との親密な関係を見せつけ、誰にも話しかけるすきを与えなかった。その執着ぶりを親しい友人にからかわれても、花嫁から離れなかった。

エリザベスはシャンパンの入ったグラスを手にしていたが、口はつけなかった。ビュッフェ形式のごちそうにもほとんど手を出さず、花婿付添人の皮肉なスピーチに目を伏せ、我慢して耳を傾けた。新郎はといえば、苦笑しながらのんきに聞いていた。

この人は傷つく心なんて持っていないのね、とエリザベスは思った。感情など持たない、鋼鉄のような神経の持ち主。それでも、腰に置かれた彼の指に力が入ることがあり、彼女はルチアーノの中で何か激しいものがわきあがっているのを感じた。とくに、捨てられて行方知れずになった哀れなビアンカについて、誰かがひそひそ話すのが聞こえたときには。

彼のこの反応は怒りのせい、それとも苦悩のせいかしら？　表情からは何もわからなかった。

人々のあいだに父親の姿を見つけたエリザベスは、そばに行ってマシューから連絡があったかどうかききたかった。ところが、そうしようと思うたび、ルチアーノに別の方向へ連れていかれた。

　午後の時間が苦しいほどにゆっくりと流れていく。微笑し続けていることがどうにも苦痛になってきたとき、着替えに行く時間だとルチアーノに言われ、エリザベスは心底ほっとした。逃げだす口実ができたのだ。着替えが必要な理由など尋ねもしなかった。

　寝室では笑い上戸のメイドが待っていた。カルラはウエディングドレスを脱がせながら、着替えの理由を教えてくれた。

「こんなに早くこのきれいなドレスを脱がなくちゃならないなんて、残念ですね、シニョーラ。でも、新しい衣装は全部スーツケースに詰めて運んであります。秘密のハネムーンへシニョーレに連れていかれるなんて、ロマンティックですね」

　ハネムーン？　エリザベスは仰天した。

5

　ああ、お願いだからやめて。エリザベスはうろたえた。ルチアーノがそこまでロマンティックな演出をするなんて。うめきそうになるのを、彼女は唇を噛んでこらえた。

　しかし、淡い緑色のカシュクールのスーツ姿で一階に下りていくとき、彼女の目は挑むように輝いていた。スーツは体を優しく包み、スカートの裾が膝のあたりで揺れている。

　ルチアーノが階段の下で待っていた。やはり着替えている。シンプルなTシャツに、淡いコーヒー色の麻のスーツ。さわやかでカジュアル、それでいて洗練され、男らしさにあふれている。

こちらを見あげた彼の目を、さっと何かがよぎった。たちまち鼓動が速くなり、エリザベスは階段でつまずきそうになった。だが、その何かはすぐに消えた。彼は片手を差しだし、早く下りてくるよう無言で命じている。

彼のそばまで行くと、すぐに手を取られ、引き寄せられた。彼の唇が額に触れ、彼の体のぬくもりが心地よい。

「きれいだ」ルチアーノはかすれた声で称賛した。

あなただって、と心の中で思う。「これからどこへ行くの？」大勢の客たちから向けられている視線を意識し、エリザベスはささやくように尋ねた。

「新婚のカップルがこぞって行くところさ」ルチアーノは彼女が腕にかけていたクリーム色の上着を取った。「二人きりになれる場所だ」

「でも私は、あなたと二人きりになりたくないわ」

上着を肩にかけてくれている彼に、エリザベスは顔をしかめてみせた。

「それはがっかりだな」

なんだかあざ笑うような言い方ね。エリザベスは不安げに彼を見あげた。「このまま、ここにいられないの？　この家に慣れてきたし……快適だし」

エリザベスの髪を上着の襟の外にそっと出しながら、ルチアーノは妻を見つめた。暗い金色の瞳に、彼女にはわからない不思議な感情を宿らせて。

彼の顔に微笑が戻った。「場所を変えるのが伝統なんだ」

エリザベスは軽く彼にもたれ、喉もとで早口にささやいた。「ばかげているわ」

「何が？」

「すべてがよ」エリザベスは待っている人たちに目をやった。「私たちが出ていくなら、あの人たちだってここにいる必要はないでしょう？」

「驚いたな。僕たちの客を追いだせと言うのか？」

「あなたの客よ」

「気をつけたまえ、いとしい人」ルチアーノがやんわりと警告した。「その口のせいでまた窮地に立たされたいのか。それも大勢の見物人の前で」

「私はただ、このままこの別荘にいてもいいんじゃないかと……」

彼の動きはあまりにすばやく、エリザベスは不意をつかれた。肩にかけた上着を整えていたルチアーノがいきなり彼女を抱き締めたのだ。そして息も止まるほどの激しいキスで妻の口を封じた。

人々のざわめきがホールに広がり、彼女の耳にも届いた。数日ぶりにあの震えに襲われ、胸の頂が硬くなるのを感じつつも、エリザベスは彼の胸を両手で押し返そうとした。ところが彼はびくともしないし、キスもやめない。その激しさに思わず身を反らし、せっかく丁寧にかけられていた上着が足もとに滑り落ちた。それでも、彼の両腕はますますきつく抱き締めてくる。誰かがやじを飛ばし、別の誰かが乾いた笑い声をあげた。

ルチアーノは彼女の背中を静かに撫でながら、唇に加えていた力をゆっくりと緩めていった。「ショーは続くんだよ、カーラ」彼がささやく。

客たちの存在を思い知らされ、エリザベスはうなずいた。まわりで起こった拍手がしだいに大きくなっていくなか、ルチアーノが妻から身を離した。

彼は床に落ちた上着を拾って自分の肩にかけると、観客に向かい、まじめくさった顔で一礼してみせた。拍手に笑い声が加わる。

エリザベスは目を伏せた。頬を真っ赤に染めているに違いない自分がいやだった。

彼に手を取られて外に出て、芝地に待機しているヘリコプターを見たとき、エリザベスはようやく父親のことを思い出した。

彼女はルチアーノに顔を向けた。「父に会わないで発つわけにはいかないわ」

「君のお父さんなら、ロンドン行きの飛行機に乗るために、もうここを出た」彼は淡々と応じた。

まるまる一分間、エリザベスは息ができなかった。父に完全に拒絶されたと思い、顔から血の気が引いていく。

それを見て低くうなるなり、ルチアーノは妻を引っ張って芝地を横切り、ヘリコプターに押しこんだ。

数分後、離陸したヘリコプターが湖のほうに向きを変えると、桟橋の沖にぎっしり並んだたくさんの船が目に入った。さもしいマスコミ連中が、二人の出発シーンを撮ろうと躍起になっている。

彼女の隣でルチアーノが身じろぎをし、硬い口調で言った。「あんな連中は無視すればいい。すぐに僕たちに飽きて、次の標的をねらうようになる」

不思議なことに、くだらない写真をいくら撮られようが、エリザベスはもう気にならなかった。「父は私にさよならも言わずに行ってしまったわ」気になるのはそのことだけだった。

「彼には、自分の会社を窮地から救わなくてはならない責任があるんだ」ルチアーノは手厳しい口調で言った。「ハドレー社には差し迫った問題があるという現実を、君も受け入れるべきだ」

ええ、そうでしょうね。エリザベスはしらけた気分で思った。「少しも説得力のない説明をどうもありがとう」

いらだちもあらわに顔をしかめる彼と、放心したように黙りこむ彼女を乗せ、ヘリコプターは飛び続けた。エリザベスがふと窓の外に目を向けると、眼下に輝く青い湖面が過ぎ去っていくのが見えた。

一時間後、ヘリコプターはミラノのリナーテ空港に到着した。輝く機体に〝デ・サンティス〟のロゴをつけたジェット機が滑走路で二人を待ち受けていた。

機内は大銀行の専用機にふさわしい豪華さだった。ルチアーノはエリザベスをシートに座らせると、近くにいた乗務員に声をかけてから操縦室へ向かった。二分後に彼が戻るや、エンジン音が機内に響いた。

ジェット機は真っ青な空へと飛び立った。エリザベスはいまだに目的地がどこか知らない。もっとも、どこでもよかった。今日は人生最悪の日だったし、交通事故にでも遭った気分が続いている。まるで、本能だけで歩いている重傷者のようだ。

「君が着替えているあいだに、僕がお父さんを送りだしたんだ」

突然の説明に、エリザベスははっとして彼に顔を向けた。ルチアーノは隣のシートに体を沈めたまま平然としている。だが彼女は、彼の口もとがこわばっているのを見て取った。「どうして?」

ルチアーノの目がさっと彼女を見やった。「君を困らせたからだ」

私を困らせた？　エリザベスは憤然と食ってかかった。「私の実の父なのよ。娘を困らせたって別にかまわないでしょう！」

「僕は君の夫だ」ルチアーノは言い返した。「だから、妻を困らせる者を排除する権利がある」

エリザベスは憎々しげに彼を見た。「私はあなたに困っているわ。だったら、私の前からあなた自身も排除するつもり?」

「一万フィートの上空を飛んでいるあいだは無理だな」ルチアーノはにやりとした。すぐに真顔になり、ため息をつく。「僕に憎しみをぶつけるのはやめてくれ、エリザベス。それより教えてくれ。なぜ君の父親は娘に対してあんな態度をとるんだ?」

母の裏切りと家出について、エリザベスは淡々と説明した。彼女の表情のわずかな変化も見逃すまいとルチアーノが観察していたことには気づかなかった。話すあいだ、彼を一度も見なかったから。

「というわけで、何よりも恐れていたことが今日の結婚式で現実になったと父は考えているのよ」

乗務員が軽食のトレイを運んできたので、会話は中断された。コーヒーポットとサンドイッチを簡易テーブルに置いてから、乗務員がコーヒーをつごうとすると、ルチアーノはそれを制して乗務員を下がらせた。そして自ら二つのカップにコーヒーをつぎ、興味深そうに尋ねた。

「君は母親に似ているのか？」

エリザベスはうなずいた。「母の仕打ちを、父は私を見るたびに思い出すんでしょうね」

「それで、お母さんはいまどこにいるんだ？」カップを手渡しながら質問を重ねる。

「母は……死んだわ、二年前に」声の震えをごまかそうと、エリザベスはコーヒーを飲んだ。苦くて甘い味に顔をしかめる。「お砂糖を入れたのね」

「君は入れないのか？」

「入れないわ。あなたは入れるの？」

シートの背にもたれ、ルチアーノはカップを口に運んだ。「僕たちは互いのことをよく知らないな」

そうね、知らないわ。「で、コーヒーにお砂糖を入れるの、それとも入れないの？」

「僕が好きなのは、ミルクなしの濃くて甘いコーヒーだ」そう答えてから、ルチアーノは彼女に顔を向け、いつもより暗い、何かを期待するような目で見つめた。悲しみのにじんだ声で続ける。「どうやらカーラ、君の家族も僕の家族同様に壊れているらしい。となると、君が考える以上に僕たちは波長が合いそうだな」

エリザベスは反論しようとして思い直した。たぶん、彼の言うとおりだ。「でも、やっぱりコーヒーに砂糖を入れるのはいや」彼女はきっぱりと言い、カップをテーブルに戻した。

ルチアーノは笑って乗務員を呼びだし、新しいカップを用意させた。

なぜかエリザベスはいくらか気持ちが晴れるのを感じた。サンドイッチも少しは喉を通ったし、緊張がほぐれてくつろぎ始めている。「行き先はどこなの？」彼女は思いきって尋ねた。

「その質問を口にするまで、ずいぶん時間がかかったな」ルチアーノがからかい、席を立った。「カリブ海だ」彼は収納棚に歩み寄り、戸を開けた。ずらりと並んだボトルの中から一本を選ぶ。「そこに別荘を持っている。楽園のような島にひっそりと立っていて、隣人はペリカンだけだ。飲むかい？」

彼が掲げたブランデーのボトルを見やり、エリザベスは首を横に振った。

「また酔ってしまうから？」

「いいえ、眠ってしまうんじゃないかと思って」

「それは好都合だ……」ルチアーノはグラスを二つ手にして戻ってきた。「この機内で眠るのは問題ない。キャビンの奥に小さな寝室があるからね。その ドアの向こうだ」彼は無表情を装って、エリザベスが不安げな面持ちで奥のドアに目を走らせるさまを見守り、黙ってグラスを差しだした。

エリザベスにはわかっていた。グラスを受け取るか、また彼にからかわれるかのどちらかだ、と。

「九時間のフライトだから、ブランデーを飲もうが飲むまいが、そのうちベッドは必要になる」

「あなたも一緒なの？ それとも私一人？」エリザベスはとっさに口にしていた。

ルチアーノの目が輝く。「誘っているのかな？」

「違うわ！」

「じゃあ、ブランデーを飲むといい。僕といても安全だよ……いまのところは」

〝いまのところは〟の一語に引っかかりながらも、彼の声音に含まれていた挑発の響きに反感を覚え、エリザベスはグラスを受け取ってブランデーをひと息にあおった。喉から胃にかけて焼けるような感覚が広がり、ひどくむせる。

「まずい飲み方だ」ルチアーノがたしなめた。

たしかに失敗だった。ブランデーが一気にまわりだしている。一時間後、エリザベスは我慢の限界に達し、横になって目を閉じずにはいられなかった。

それでも彼女は、ルチアーノが手を貸そうとするのを敢然と断った。そのせいで、寝室にたどり着くまで大変な思いをした。

数分後には、柔らかな上掛けとシーツのあいだに下着姿で丸くなった。頭の中で太鼓が鳴り響くような感覚を味わいつつ、彼女は眠りに落ちた。

どれくらい眠ったのか、エリザベスがぼんやりと目を覚ますと、あたりは薄暗かった。飛行機のエンジン音が耳に届き、自分がどこにいるかを思い出す。

頭がすっきりしていて、ベッドに入ったときよりずいぶん気分がいい。それにおなかがすいている。


でも、この快適なベッドを出たら、また服を着てルチアーノに会うのよね。やっぱりこのままここにいよう。そう考えて寝返りを打ったとたん、エリザベスは凍りついた。

ルチアーノがうつ伏せで隣に寝ている。ベッドわきの淡い照明に、むきだしの肩をブロンズ色に輝かせて。

うっとりするほど気分がよかったのに、エリザベスはたちまち緊張した。しかし、彼が眠っているのに気づいて、ほっと肩の力を抜いた。

つややかな黒いまつげが高い頬骨に伏せられている。口もとには彼女の前では決して見せなかった安らぎが漂い、セクシーな唇の形がいつも以上に美しい。乱れた髪に目を留めると、少しだけウェーブがかかっていることに初めて気づいた。

好奇心に駆られ、エリザベスは枕(まくら)の上に投げだされている彼の腕に視線を注いだ。上掛けが下にずれ、広い肩から背中までがのぞいている。

彼女は慌てて自分の上掛けをつかみ、肩までそっと引きあげた。彼の姿を見て、自分も下着姿であることを思い出したのだ。

ルチアーノは何も着ていないのかしら？　まったくの生まれたままの姿なの？　親密な空気が彼女の肌を羽根のように撫(な)でる。温かな体から彼の香りが立ちのぼっている。清潔でいて、どうしようもなく男らしい香りが。エリザベスは思わず喉をごくりと鳴らした。

〝私の夫〟どんな感じがするか、エリザベスは胸の内で試しに言ってみた。しかし、こうして二人で一つのベッドに寝ているのと同じくらい、どうにもなじめない感覚がわいてきただけだった。

「灰色だ」不意に彼の口から低いつぶやきがもれた。穏やかで眠たげな声だった。

エリザベスはどきっとしてルチアーノの顔を見た。目を覚ましたのだ。彼女は再び緊張して上掛けを握り締めた。ベッドから飛びだしてしまいたい。けれど、身につけているのは薄手の深緑色のブラジャーと、おそろいの小さなショーツだけだ。

「セクシーな淡い灰色……だめだ、動かないでくれ」ルチアーノは動こうとしたエリザベスに声をかけ、さっと横向きになると、片手で頬杖(ほおづえ)をついた。エリザベスの顔を見つめ、枕の上に広がる炎のような髪の香りをかぐ。「美しい人(ベリッシマ)」まるで歌うように言う。「デ・サンティスの美しき奥様(ラ・シニョーラ・ベッラ・デ・サンティス)」

「お願い、やめて。美しいなんて言うのはやめてくれない？」

「不思議な人だな」ルチアーノは微笑し、妻の額にかかったひと房の髪に触れた。「君のように美しい女性を僕はほかに知らない。そのことを、こうもかたくなに否定する女性も見たことがない。なぜ否定するのか、わけを知りたいものだ」

「そういうお世辞に応(こた)えるつもりはないの……」また額に垂れたひと房を、エリザベスは手でかきやった。「だってあなたは……」声がとぎれる。思わず口にしかけた言葉を慌ててのみこむ。

「僕が……どうしたんだ？」ルチアーノは体を近づけて続きを迫った。

「だって、わ、私たちは結婚したんですもの……あの」エリザベスは彼の片方の脚に両脚を押さえられ、あえいだ。「な、何をする気？」

「妻とくつろぐのさ」

エリザベスは上掛けから指を離し、彼を押しやろうとした。だがほてった筋肉質の体に触れたとたん、衝撃が背筋を駆け抜けた。この状況のすべてが衝撃的だ。からみついてくる彼の脚は重く、私を見つめる彼の瞳は優しい。まだ眠たげで、まつげで隠れているせいか、獲物をねらうときの眼光は見えない。

ルチアーノがさらに体を寄せ、キスをした。穏やかな優しいキスだった。それでもエリザベスは身を引いていた。彼の熱さ、力強さをじかに感じ、にわかに不安に襲われる。

「落ち着くんだ、エリザベス」ルチアーノはたしなめた。「君を傷つけようというわけじゃない」

「でも、私……」

「妻が夫を目覚めさせたら、次はキスをするのがしきたりなんだ」

私にキスをしろというの？　まさか、お断りよ。エリザベスは彼に向かってかぶりを振った。

「じゃあ、また僕からキスをしろというのか？　ずるいな、カーラ。だが、まあいい」ルチアーノは再び彼女の唇を奪った。今度は情熱をこめて優しく攻め続ける。ついに彼女は唇を開いて受け入れ、彼がゆっくりと味わうままにさせた。

エリザベスはいまにも息が止まりそうだった。ルチアーノが唇を離すころには、心臓が激しく打ち、彼と離れるつらさに唇が震えた。

「新しい一日を始めるのには悪くない方法だ」

「まだ……外は暗いわ」エリザベスはやっとの思いで言い返した。

「だが、零時（れいじ）をまわっている」ルチアーノは体を少し離し、再び頬杖をついた。「君は何時間も眠っていた。夫婦としての最初のディナーがふいになり、僕は後悔したよ。慎み深い新妻に強烈なブランデーを無理やり飲ませるとは愚かなまねをした、と」

エリザベスは頬を染めた。「それより、おなかがすいたわ」胸の高鳴りにもかかわらず普通に声が出せたので、ほっとする。「だからあなたが脚をどけてくれたら、起きて……」

ルチアーノがゆっくりと首を左右に振るのを見て、エリザベスは口ごもった。

「リラックスしたまえ。僕だって、こんな夢のない場所で結婚の誓いを証明する気はないさ。ただ、君ともっと共有したいものがあるんだ……もっとたくさん」

ルチアーノがまた顔を寄せてくる。今度の彼は穏やかでも、優しくもなかった。

彼は深く甘いキスでエリザベスの唇をむさぼり、自らの体の重みで彼女を枕に押しつけた。エリザベスは呼吸さえままならなかった。ルチアーノの全身から熱が伝わってくる。彼の香りや味、激しい情熱を感じ、エリザベスは握り締めていた指を上掛けから離し、彼の肩をつかんだ。

「君の心の準備が整わないうちは、最後まで突き進むつもりはないよ」ルチアーノはかすれた声で請け合った。

その言葉を口実にして、エリザベスは自分の気持ちを抑える努力を放棄した。熱烈なキスを返し、身を反らせる。彼が上掛けを完全に取り払ってしまっても気づかず、むきだしの腿を撫でられても、喜びにもだえるばかりだった。

ルチアーノが唇を離し、燃える瞳で彼女の目をのぞきこんだ。「シルクのような肌だ」彼はうなり声をあげ、またキスをした。彼の手がエリザベスの腿から薄いショーツの上を滑り、平らな腹部を撫でていく。

肌に触れるルチアーノの温かな手の感触に、エリザベスは身を震わせた。むきだしの腿から喉もとまでの神経が一気に目覚めたような気がした。彼の手がごく薄い布で覆われただけの胸に達し、そのふくらみをそっと包みこむと、エリザベスはうろたえた。押し戻そうとしたものの、彼に両の手首をつかまれ、自由を奪われた。そのあいだも、ルチアーノは唇を彼女の首筋に這わせ、やがて熱いキスは激しく上下する胸へと移った。

彼が布地越しに胸の頂を口に含むや、エリザベスは悲鳴をあげて身をよじった。

すると、ルチアーノは小声で悪態をついて再び彼女の唇を奪い、片方の手をエリザベスの背中にまわして抱き寄せた。それから背中のホックを外し、彼女を仰向けに寝かせると、薄いレースのブラジャーを取り去った。

「すてきだ」

彼のハスキーな声が混乱してぼうっとしたエリザベスの頭に響く。

それから彼女はまたも唇を奪われて口の中を執拗に探られ、同時に胸のふくらみをそっと包みこまれた。いまやむきだしになっているだけに、彼の手の感触が生々しい。なかば抵抗のために、なかばめくるめく喜びのためにエリザベスは叫び、無我夢中で彼の頭に手を伸ばして、髪をまさぐった。

ルチアーノのキスと愛撫に陶然となりながらも、彼の体が熱を持ち、張りつめるのを、エリザベスは意識していた。

そこでやめさせるべきだった。だが、彼女はされるがままになっていた。

男性に組み敷かれ、こんなふうにもだえて震えていたら、おのずと一線を越える羽目になる。しかし、彼の手と唇が紡ぎだす感覚はあまりにすばらしく、エリザベスはその感覚をさらに高めてほしいという欲求に取りつかれていた。

いま、ルチアーノの手はエリザベスの体の隅々を撫で、どうすれば彼女が喜びを感じるか知ろうとしている。一方、エリザベスの手は、はやる心にせかされてせわしなく動き、サテンのような彼の肌を味わっていた。自らの体と感覚に、彼女がこれほど翻弄されるのは初めてだった。

ついに、腿に彼の高まりが押しつけられ、脚の付け根に彼の手が滑りこんできた。もはや最後の一線を越えるのは時間の問題だ。エリザベスはいまこそ現実に目覚めるべきだった。なのに、現実感覚はどこにも残っていない。激しい興奮に駆られ、すっかり自分を見失っていた。全身で喜びを満喫し、彼にすがりつくことしかできなかった。

ルチアーノが唇を離し、彼女の耳もとにささやいた。「わかっていたよ、君が僕に身を任せてくれることは」エリザベスを守っている小さな薄い布に手をかける。

これほどの激しさ、これほどの切迫感は、エリザベスには思いもよらないものだった。自分でもどうにもならず、ルチアーノの愛撫に反応してしまう。体を弓なりに反らし、あるいは身をよじって、彼のキスに応えている。そうしなければ、血管を駆け巡るものに耐えられない。こんな感覚がこの世にあったのかと思うほどの衝撃を、彼は私に与え続けている。

ところが、ルチアーノの手がショーツにかかったとき、エリザベスははっと我に返った。

動転し、彼を押し返す。ちらりと見えた彼の表情は驚きと当惑に満ちていた。エリザベスはやっとの思いで彼の下から這いだし、ふらつく足でベッドから抜けだした。

機内の小さな寝室は重い沈黙に包まれ、乱れた息遣いだけが聞こえている。目がかすみ、エリザベスは彼の姿を見ることさえできなかった。

エリザベスは必死に声を絞りだした。「あなたは言ったはず――」

「自分が言ったことくらい覚えているさ」ルチアーノは冷ややかに遮った。

エリザベスは目をしばたたいた。ベッドに横たわったままのルチアーノに焦点を合わせようとする。彼は片方の腕で両目を覆い、唇を引き結んでいる。彼女はルチアーノの全身についい視線を走らせてしまい、その欲望のあかしから目をそらすことができなくなった。

全身を焦がすような熱い興奮がわき起こり、エリザベスはめまいを覚えた。自分でも何をしでかすかわからなくなり、無理やり視線を引きはがした。

彼に飛びつくのよ。頭の中でもう一人の自分がそそのかす。「ああ、なんてことかしら」エリザベスは背を向けてうつむき、両手で顔を覆った。ここまでルチアーノに許してしまった自分が信じられない。彼の言葉を信じた自分が情けない。

「君の背中は実にセクシーだな」

唐突に言われ、エリザベスははっと顔を上げた。その拍子に髪がふわりと背中に落ちる。

「肌は白くてなめらか、無駄な肉はない。しかも美しいレースに縁取られている」

エリザベスはうろたえ、レースのついた深緑色のショーツを引きあげた。

「そんな褒め言葉を並べたてて、どうにかなるとでも？」

ルチアーノのあざけりに満ちた指摘に、エリザベスはかぶりを振った。ブラジャーがないのが恨めしい。つけていたら、振り返って憎まれ口をたたけるのに。胸のふくらみが張りつめ、硬くなった頂が自分のものではないかのようにうずく。それが体の奥に伝わり、認めたくない感覚がわき起こった。

「君は……高まった情熱にあえてブレーキをかけるのが楽しいのか?」

ルチアーノは怒っているんだわ。エリザベスはショックを受け、身をすくめた。「あなたにはわからないわ」

「じらされているかどうかは、わかるさ」ルチアーノは皮肉のこもった口調で応じた。

エリザベスの背後で彼が動く気配がした。どうやらベッドから下りたらしい。彼女は手の届く唯一のもの……カシュクールのトップを引ったくるようにしてつかみ取った。彼も服を着ているのか、布のこすれる音を聞きながら、エリザベスはトップの前をかき合わせ、震える指でひもをぎゅっと結んだ。

「自ら言いだした約束も守れない人は、鼻先でドアを閉じられてもしかたないわ。当然の報いよ」上半身を隠して安心したとたん、彼女は言い返した。

「君は人としてごく自然な本能を持ち合わせていないようだな」

エリザベスは急いでスカートをはいた。ようやく人心地つき、彼のほうに向き直る。ルチアーノはベッドの向こう側にいた。淡い照明が、ズボンをはく彼の腕の動きや、引き締まった腹部を照らしだしている。彼女は慌てて目をそらした。

「私、謝らないわよ」言い放つなり、エリザベスは髪を後ろにかきやった。「しないと約束したことをしようとしたあなたが悪いんだもの」

ルチアーノは言い返さなかった。彼の目にはいつもの冷ややかさが戻っている。「ほら」ベッドにかがみこんで何かを拾いあげ、エリザベスに向かってほうる。「ここを出る前にそれをつけたほうがいい。さもないと、乗務員が発作を起こしかねない」

そう言って彼女の気持ちをくじくと、ルチアーノは黒いTシャツを頭からかぶり、ドアへ向かった。彼が出たあと、ドアは静かに閉まった。緩衝装置がついていなければ、荒々しい音が響いたに違いない。

その後しばらく、二人はやたらに丁寧な言葉遣いの会話をときおり交わすだけに終始した。エリザベスは食事をとったが、ルチアーノはコーヒーしか口にしなかった。そのうち彼はブリーフケースを取りだし、仕事に没頭した。私にも熱中できるものがあればいいのに、とエリザベスはうらやましく思った。

彼女はいまや大富豪の妻で、父親の秘書という仕事はなくなった。新しい仕事は富豪の妻らしく見せること、あるいはそう見えるよう努力すること。それと、夫が集中しているときはおとなしくすることだ。彼の厳しい表情がそう告げている。

いつの間にか、エリザベスは再びまどろんでいた。靴を脱いでシートに丸まり、頭を肘掛けにのせて。目覚めたとき、彼女の体には毛布がかけられていて、夫はまだ仕事に専念していた。

彼女は目をこすってルチアーノを見やり、書類に何か書きこんでいる彼の手もとを眺めていた。指の動きはすばやく、しなやかで無駄がない。握っているのは、婚前契約書に彼女がサインをしたときの、あの万年筆だ。

「〝決断力に欠ける〟のつづり、間違っているわ」エリザベスは思わず指摘していた。彼の書く字を読んでいたことすら、意識しないままに。

万年筆の動きが止まり、ルチアーノの顔が彼女に向けられた。その目からは怒りが消え、よそよそしさだけが感じられた。「間違っていない」

「つづりが一箇所違うわ」エリザベスは引き下がら

なかった。「文章はこうでしょう。〝その態度は決断力に欠けており、容認しがたい〟……書き間違いは説得力を損ねるわよ」

「そこから、僕の書いているものが読めるのか？」

ルチアーノはシートの背にもたれ、驚いた顔で彼女を見返した。

「英語ならね」エリザベスは毛布にくるまったままうなずいた。「イタリア語はわからないけれど」

「英語だってわかっていない」

エリザベスは彼の顔をちらりと見た。表情には迷いがまったくない。けれど、ルチアーノは私の指摘を実際に確かめてはいない。つまり、自信を持ちすぎているか、私が間違っているかのどちらかだ。

彼女は脚を下ろして毛布をはぎ、ルチアーノの膝から書類を取りあげた。それをじっくり読んでから、無言で返す。そのとき、彼のまつげがぴくりと動き、眉を寄せた。エリザベスはつい、くすっと笑った。

やっぱり私が正しかったんだわ。ああ、いい気分！

ルチアーノは肩をすくめて書類に目を落とし、無念そうに笑った。「むかつく赤毛の魔女め」悪態をつきながらつづりを直す。

「私は赤毛じゃないわ」

「じゃあ、何色だ？」彼は書類をテーブルの上にほうり、シートの背にもたれて彼女を眺めた。

「栗色」エリザベスは答え、額にかかった髪をかきあげた。すぐに別のひと房が落ちてきたので、言い添える。「なかなか言うことを聞いてくれなくて」

「持ち主と同じだな」

「よくご存じね」癖毛をもう一度ぎゅっと引っ張ってみたものの、たちまち元に戻った。

「ああ」

「私がバージンなのも、ご存じかしら？」

6

　あくまでも冷静なルチアーノを揺さぶろうとして告白したのであれば、エリザベスのもくろみは成功したと言えた。彼は頬をかすかに染め、腰を浮かせた拍子に腿をテーブルにぶつけて、書類を床にばらまいた。動揺したあかしだ。

「それは何かの冗談か？」ルチアーノの金色の瞳が怒りにきらめいている。

　エリザベスは思わず毛布をつかみ、胸まで引きあげた。「私はただ……またあんなふうに熱くなってしまう前に、言っておくべきだと思っただけよ」言い終えるなり、彼女は頬を紅潮させた。なんてばかなことを口にしてしまったのかしら……。

「バージンだって？」ルチアーノは歯を食いしばって尋ねた。「なぜ、そんなことを言いだすんだ？」

「じゃあ、どうすればよかったの？」エリザベスはかっとなってきき返した。「あなたが慌てないよう、その件も婚前契約書に記しておくべきだった？」

　怒りのあまり、いまやルチアーノの顔は青ざめていた。「僕たちは愛し合う寸前だった……」

「いいえ、私は止めたわ」エリザベスは彼に思い出させた。「あなたの気分を害したようだけれど」

　ルチアーノはうなじに手を当てて彼女に背を向け、エリザベスは落ち着かなげに身じろぎをした。

「私、さっき言おうとしたのよ……ベッドで。でも、あなたがひどいことを言うから……。いまは後悔しているわ。言わなければよかった」

「同感だ」彼は飲み物の収納棚に歩み寄った。

「そんなに気に入らないなら、いつもの手を使ったら？　私をほうりだして、もっと経験豊かな花嫁に替えればいいでしょう」

「気に入らないわけじゃない。それに、僕はビアンカをほうりだしたりしていない。彼女が僕を捨てたんだ」

「彼女は賢明よね」目がつんとする。彼の言葉で思い出してしまった。ビアンカ――ルチアーノが選んだ花嫁の第一候補が姿を消さなければ、私が彼とここにいることもなかったのだ。

エリザベスは席を立ち、散らばった書類を拾い始めた。何かしないではいられない。「私はこういう性格だし、あなたの性格だって変わらないわ。つまり、こんなばかげた結婚をしても、うまくいかないということ。でも、私だってわかっているわ。あなたが触れてくるたびに、それを止めようとするふりさえできなくなるのは。だって、あなたに触れられる感覚がどうしようもなく好きだから」

「エリザベス……」

「黙っていて」彼女は必死に声を絞りだした。「いま、あなたの如才ない返事を聞いても、吐き気がするだけだわ」

ルチアーノは驚いた。「そんなつもりは……」

「いいえ、そうしないではいられない人よ、あなたは」エリザベスは涙をぬぐうと、いまいましい癖毛をかきあげ、震える指で書類を集めた。「あなたみたいな人が相手だと、私はどうしていいかわからない。本当に困っているの」

「僕だって同じだ。君みたいな女性を相手にどうするべきかわからず、途方に暮れている。君は、僕が知っているどの女性ともまったく違う」ルチアーノはグラスについだ飲み物を一気にあおった。「繊細な恥ずかしがり屋に見えて、その実、激しい情熱と反抗心を持ち合わせている！」

「その理由も、もうわかったはずよ」彼女は書類をテーブルに戻した。

「ああ」彼は同意した。「君はバージンで……」

「望まない結婚に追いこまれたの」

「内心では君が求めてやまない男にね」

　エリザベスは喉をごくりと鳴らした。ルチアーノを求めているのはたしかだわ。そうでなければどんなにいいか。彼を求め続けてきたせいで、いまも罪悪感に苦しんでいる。

「あなたに本気で求められていると思うほど、私は愚かじゃないわ」彼女は脱いだ靴を捜しながら言った。「口癖のとおりあなたは狩りをしないし、偶然私が近くに居合わせただけ。けれど、あなたに惹かれているがゆえに私が二番手の立場にも甘んじると思っているなら、それは考え違いよ。私はそういうのはいやなの。それから、バージンをささげる相手を自分で選べないのはつらいわ。まるで悪い病気みたいにあなたに言われたことは忘れるとしてもね」

「そんなふうに聞こえたのなら、すまない」

　いきなり冷静になるのね。それによそよそしい。彼らしいわ、とエリザベスは思った。

「ただただ……驚いたんだ」彼は言い添えた。

　そうでしょうね。彼女は内心うなずいた。我ながら驚いたくらいだもの。まさかあんなことを口にするなんて。

「もしも……セックスが君にとってそれほど重大な問題なら、時間をかけて解決すればいい」

　つまり、私とはもうベッドに行きたくないということね。「ありがとう」エリザベスは礼儀正しく、しかし冷ややかに応じた。

　シートベルト着用のサインが点灯したおかげで、エリザベスは床に泣き伏したりしないですんだ。座ってシートベルトを締める。

　スピーカーから声が聞こえた。「あと五分で着陸します。現在時刻は二十一時三十三分。サントが車で待機しています」

ルチアーノは収納棚を閉じ、シートに腰を落ち着けた。着陸まで二人は視線を交わさず、のしかかる重い沈黙にエリザベスは息がつまりそうだった。

それでも、地上に降り立つ際には、ルチアーノは我が物顔にエリザベスの背中に手を添えた。そのとたん、またあの震えが走った。

夜気は暑くて重く、香辛料の香りに満ちている。車は四輪駆動で、二人の荷物を積む余裕もたっぷりあった。運転手のサントはにこやかに出迎えた。

馬蹄形の港湾沿いに、美しい街並みが細長く連なっている。エリザベスは感嘆した。ヨットがずらりと停泊し、月光を浴びて小さく揺れていた。

「あなたが言っていたように、ここにはペリカンしかいないと思っていたわ」

ルチアーノは故意に間をおき、二人のあいだの緊張が高まるのを待ってから告げた。「いま、僕は君を冷ややかな目で見ていたよ」

エリザベスの願いは断ち切られた。機内であんなことがあっても、島に着けばなんとか自然な状態に戻れるのではないかと期待していたのだ。彼女は黙りこみ、窓外の風景に目を向けた。

やがて、両開きの門を抜けると、淡い紅色の美しい農家風の屋敷が見えてきた。ここが……ルチアーノがビアンカを連れてこようとした場所なの?

考えちゃだめ! エリザベスは自分に言い聞かせた。自分で自分の首を絞めるようなものだわ。ただでさえ、ひどいことになっているのに。

車の出迎えに別荘の使用人たちがいっせいに姿を見せた。二人のために屋敷の玄関ドアが開かれる。まだ暑い夜気の中に人々の温かな笑顔が浮かび、祝福の言葉や抱擁が何度も繰り返された。ルチアーノのひと声で騒ぎに幕が引かれるまで。

その屋敷は、歴史ドラマの舞台からそっくり移してきたと言ってもよさそうな重厚な建物だった。貴婦人たちがスカートの大きくふくらんだドレスをまとい、庭を歩く光景が目に見えるようだ。

海は見えないものの、潮の香りが漂い、波音が聞こえる。加えて、熱帯らしいジャスミンの香りが媚薬のようにあたりに濃密に立ちこめていた。

「おいで」ルチアーノがエリザベスに声をかけた。

エリザベスが従うと、彼は少しためらってから彼女の肩に腕をまわした。たぶん、まわりの人たちを安心させたいのだろう。

もちろんエリザベスは拒んだりしなかった。むしろ、彼のそんなためらいが耐えがたくなってきた。私に触れたくないんだわ。バージンであることを告白して、彼をしらけさせてしまった。彼はいつもの冷淡さを取り戻し、壁をつくっている。使用人に声をかける態度にもそれが見て取れた。

彼女は早々にルチアーノから離れ、屋内を見てまわった。ここもコモ湖の別荘と同じくらい美しい。ただ、こちらの内装はさわやかなパステル調でまとめられていた。

エリザベスはまず、広々とした玄関ホールに目を奪われた。白い大理石の階段が緩やかな弧を描き、回廊のある二階へと続いている。天井の大きな扇風機が小さな音をたててまわり、ホールを横切る彼女の髪を乱した。

「いとしい人、きちんとした紹介は明日にするが、彼女はニーナだ」

エリザベスはくるりと振り返った。彼の隣で、褐色の肌をした小柄な女性がにこにこしている。

「彼女がこの屋敷とスタッフを管理してくれている。何かあったら、ニーナにきくといい」

「はじめまして」エリザベスはなんとか笑みを返し、右手を差しだした。

「お目にかかれて光栄です、シニョーラ・デ・サンティス。このお屋敷の使用人一同を代表して、お祝いを申しあげます」

ほほ笑みとともに礼儀正しく挨拶され、エリザベスは自分が偽善者のように思えてならなかった。

「妻は……着替えてさっぱりしたいはずだ」ルチアーノが静かに言う。

神経過敏になっているエリザベスの耳に、妻という言葉がむなしく響いた。

「ご案内しますわ、シニョーラ。どうぞこちらへ」

ルチアーノの視線を意識しつつ、エリザベスはニーナのあとに続いた。階段の途中で、タイルの床を歩く彼の靴音を耳にしたが、下を見て彼の行方を確かめたりはしなかった。

寝室はすばらしかった。象牙色に淡い青、渋い緑色を中心とした内装が心を落ち着かせる。二人のメイドが主夫婦の荷物を整理していた。ここでも、大きなマホガニー製の四柱式ベッドの上で、扇風機が静かにまわっている。さらにもう一台、回転翼のうなりがフレンチドアのあたりから聞こえてくる。フレンチドアの前には、テーブルと二脚の椅子が置かれていた。

「こちらにバスルームがございます」

ニーナがドアを開けてノブを握ったまま、エリザベスに声をかけた。奥に黄色とクリーム色の大理石が見えていた。

「メイドにお風呂の用意をさせましょうか?」

「いえ、いいわ……ありがとう」エリザベスは恥ずかしげに答えた。「少し部屋を見てみたいの、差しつかえなければ」

「もちろんですとも。ごゆっくりどうぞ」ニーナはうなずき、ノブから手を離した。せわしく働いているメイドたちに向かって両手をたたく。「さあ、行きましょう。奥様がひと息つけるよう、お一人にしてさしあげるのよ」

顔に笑みを張りつけてニーナたちを見送ってから、

エリザベスは倒れこむように椅子に身を沈めた。白いシルクのカバーがかかった四柱式ベッドにうつろな目を向ける。

その巨大なベッドのほかに、大きなマホガニー製の衣装だんすが二つと整理中の荷物が二人分。バスルームが一つ。窓辺に置かれたテーブルの上には一輪の赤いハイビスカスを挿した白い花瓶と、水の入ったすりガラスの器がのっていた。器に浮かぶ二本の蝋燭は、火がともされるのを待つばかりだ。

そしてここに、打ちひしがれた花嫁が一人。同じ屋根の下のどこかに、浮かない気分の花婿が一人。きっと運命を悲しみ、ブランデーでもあおっているのだろう。

まったく、楽園での最高のハネムーンね。

エリザベスは椅子を離れ、自分のスーツケースをあらためた。スーツケースの中身にも、すでに衣装だんすにかけられている衣類の中にも、見覚えのある品は一つもない。そうよ、私はお金で買われ、過去のいっさいから切り離された花嫁なのだ。

エリザベスは、デザイナーズ・ブランドの大量の下着類を調べた。色もデザインもさまざまだが、一つとして地味なものはなく、セクシーな品ばかりだ。それから、デザイナーの名を声高に叫んでいるような上着類。こちらも流行の最先端をゆく洗練された品がそろっていた。

すごいわね。エリザベスはため息をついた。

続いてバスルームをのぞきに行く。大きくて深いジェットバスが一つに、シャワーブースが二つ、トイレが一つ。洗面台も二つ並んでいる。洗面台の上には大きな鏡とガラスの棚があり、女性が望むかぎりの化粧品類がぎっしり詰まっていた。

絶対に考えてはだめよ……これらすべてがビアンカのために用意されたものかもしれないなんて。

エリザベスは服を脱いでシャワーを浴び、寝室に戻った。そのわずか十分のあいだに、メイドが部屋に入って荷物の整理を終えていた。

　エリザベスはバスローブを羽織り、濡れた髪をタオルでふいた。それから窓辺に寄ってのぞいてみると、外は白い木の柵を巡らしたバルコニーになっている。彼女は鍵のかかっていないフレンチドアを開け、外に出た。床板の温かさが素足に快い。夜気のほどよい暑さも心をなだめてくれる。エリザベスは柵にもたれ、眼下を眺めた。

　あたりは闇に包まれているが、海岸に打ち寄せる白波はぼんやりと見えた。思っていたより海が近い。目がしだいに慣れてくると、海岸からそう遠くない場所に、白いあずまやが立っているのがわかった。

　もっとよく見ようと目を凝らしたとき、ルチアーノの姿が視界に入った。暗い影にしか見えないが、あずまやのすぐ近くでたたずんでいる。

「いつまでもそこにいたら、蚊に食われるぞ」彼の声が下から響いた。

「興ざめすることを言わないで。でないと、ブランデーの瓶を見つけて勝手に楽しむから」

　ルチアーノが笑った。あざけるような低い声で。

「つき合ってもいい」

　こんなの、どうかしているわ。エリザベスはため息をついた。「あなたが男の特権みたいに不機嫌なところを見せつけるのは、私がハネムーンの計画を台なしにしたから？　だったら、そうやってせいぜい一人で楽しむといいわ」彼女はさっと背を向けて寝室に戻り、腹立たしげにフレンチドアを閉めた。

　濡れた髪をピンで留めているとき、ルチアーノが寝室のドアを開けた。両手をズボンのポケットに突っこみ、ドア枠にもたれる。

　背が高く、頑健で、ハンサム……そしてセクシー。エリザベスは彼から目をそらしたかったが、どうしてもできなかった。

「このばかげた結婚を軌道修正するかい？」ルチアーノは皮肉っぽい口調で尋ねた。「それとも、ブランデーの瓶を開けようか？」

「そんなこと、きくほうがばかげているわ」エリザベスは肩をすくめた。櫛を戻すために彼に背を向ける。「ここまでもったのは、この一週間、私たちがほとんど顔を合わせなかったからなのに」

「僕には最悪の一週間だったよ、カーラ。二つの結婚式に二人の花嫁、それに二人の義父、おまけにマスコミの相手までさせられて」

「楽園でのハネムーンをあらかじめ準備しておいて、よかったわね」

言葉が勝手に口をついて出た。言葉もそうだが、言い方も最悪だった。エリザベスは肩を落として黙りこんだ。ルチアーノも何も言わない。

「こんなの、うまくいくはずないわ」エリザベスは声を震わせて言った。「もう、家に帰りたい」

「娘を許してくれない父親のもとにか？」

なんて残酷なことを言うのだろう。エリザベスは顔をしかめた。

「ビアンカはオーストラリアの親類を訪ねたがっていた。だから、ハネムーンはオペラハウスを見下ろすホテルで過ごす予定だった」ルチアーノは淡々と言った。「この別荘は彼女のお気に召さなかっただろう。静かすぎるし、自分をひけらかす場もないからな。意外だよ、シドニーへのハネムーンの話を、彼女が君にしていなかったとはね。君にはなんでも話すと言っていたのに」

「彼女がすべてを打ち明けてくれたわけじゃないのは、もうわかっているわ」なにしろ、マシューとの駆け落ちを内緒にしていたくらいだもの。「ごめんなさい、いつも早とちりをして」

ルチアーノは眉を寄せただけだった。「ニーナが軽い夕食を用意してくれた。ここか一階か、どっちで食べたい?」

話は終わりということね。彼女はロマンティックなしつらえの二人掛けのテーブルに目を向けてから、視線を彼に戻した。「そうね、一階がいいわ」

ルチアーノはあっさりうなずき、ドア枠から身を起こした。「じゃあ、五分後に」そう言い残して彼は立ち去った。

五分後、エリザベスが階段を下りると、ニーナが待っていた。「シニョール・サンティスが小食堂でお待ちです。ご案内します」

彼は円テーブルにつき、湯気の出ているパスタの皿から海老(えび)をつまみながら待っていた。テーブルの真ん中には、やはり赤いハイビスカスの一輪挿しが置かれ、あちこちにともされた蝋燭が、白いテーブルクロスやクリスタルの食器や彼の顔を照らしだしている。

ルチアーノは彼女の姿を認めるとすぐに立ちあがった。彼女の着ている丈の短い藤(ふじ)色のドレスを眺め、続いて大きく開いた胸もとを一瞥(いちべつ)する。

彼の視線を意識して頬が熱くなり、エリザベスは自分を戒めた。彼がとても優雅だから、ますます困る。この五分のあいだに、彼は黒いシルクのズボンと白いシャツに着替えていた。はだけた胸もとが悩ましい。

「これも、あらかじめ準備しておいたのさ」先ほどのエリザベスの言葉を使い、彼はそっけなく言った。

「そうやって私の考えを読むのはやめてほしいわ」エリザベスはテーブルに近づきながら抗議した。

「君は気持ちが顔に出やすいんだ」

礼儀正しく椅子を引いてくれたルチアーノに、エリザベスはかすれた声で礼を言った。

「さしておなかはすいていないだろうが、ニーナのために食べてみてくれ」ルチアーノは座りながら言った。「僕たちの仲がどうなっているのかと心配しているようだから。このうえ彼女のせっかくの料理を無駄にして、悲しませたくない」

エリザベスはうなずいた。階段の下で迎えてくれたとき、たしかに彼女の顔には憂いが浮かんでいた。熱烈に愛し合っている新婚夫婦なら、すぐさま二人だけの世界に閉じこもろうとするものだ。私たちの行動はさぞ奇異に映ったに違いない。

深いため息をつき、エリザベスは大皿から彼と自分のためにパスタを取り分けた。ルチアーノはアイスペールからシャンパンのボトルを取り、コルクを抜いた。

「それも事前の準備？」エリザベスはからかった。

ルチアーノはほほ笑んでみせ、細長いワイングラスに泡立つ液体を注いだ。「これに口をつけるのは、パスタを少しでも食べてからにするんだぞ」

「まるで父親みたいね」

軽い冗談なのに、ルチアーノは顔をこわばらせた。

「そんなつもりで言ったんじゃない」

彼の表情を見てエリザベスは気づいた。彼の鋼でできた神経をまた逆撫でしてしまったことに。

私の父と同じに見られるのがいやなんだわ。この人、ときどき冗談が通じなくなるんだから。それに、バージンも苦手。

以後は沈黙の中で食事が続いた。ルチアーノの厳しい顔つきを見れば、言い争いを避けようとしているのがわかる。エリザベス自身も、これから何が待っているかを思い出すと、軽い会話でその場を取りつくろう気にはなれなかった。

いいえ、本当の問題はこれからどうなるか見当もつかないことだわ。ここに来る飛行機の中ではわかっていた。その前の一週間も。ルチアーノから冷静かつ明快に聞かされていたから。

結婚、夫婦の営み、そして赤ちゃん――デ・サンティス家の子供たち。

「もう遅いから」エリザベスは立ちあがった。なぜこの瞬間に平静を装うことをあきらめたのか、自分でもわからなかった。「私……そろそろ寝ます」ルチアーノに目を向けなくても、彼に見られているのを感じた。彼の真剣さも。ルチアーノは座ったまま、シャンパングラスを手でもてあそび、無言で彼女の後ろ姿を見送っていた。

寝室に戻ると、窓には淡青色のカーテンが引かれていた。二人掛けのテーブルは片づけられ、ベッドはすぐ寝られるようにカバーが外され、照明はベッドの両わきの淡いライトだけになっている。エリザベスは我が身を抱き締めた。この世でいちばん寒い場所にいるかのように体の震えが止まらない。

少し落ち着くと、エリザベスは白いシルクのナイトドレスに着替えた。腹立ちまぎれに髪のピンを乱暴に抜いてしまい、頭皮が痛い。

自分の表情を見たくなくて、鏡は見なかった。いかにも涼しげな麻のシーツのあいだにさっさと潜りこみ、枕を拳でたたいてから頭をうずめた。

数時間ものあいだそうやって横たわり、なんとか眠ろうとしつつ、今日のさまざまな出来事を思い返して……待っていた。そのうちに新婚初夜は無垢なまま終わるらしいと察し、エリザベスはようやくくつろいで、深く暗い眠りに落ちていった。

暖かくてとてもいい気持ち。エリザベスは砂浜に打ち寄せる穏やかな波を夢に見ていた。そのとき、長い指が腹部に触れたのを感じ、ぱっと目を覚ました。薄いシルク越しの優しい愛撫が始まる。

エリザベスがまぶたを開けた瞬間、感じやすい耳の後ろのくぼみに湿った温かな唇が押し当てられた。とたんに彼女は身を硬くした。

7

「だめだ、じっとして」ルチアーノの鋭い声が命じた。

けれども、親密な触れ合いにうろたえてしまい、体は震え、心臓は激しく打っている。エリザベスは仰向けになって闇の中で目を見はり、ルチアーノを見あげた。

「私はてっきりあなたが――」

ルチアーノは彼女の口をキスで封じ、震える唇をもてあそんだ。「二人の結婚をこれからたしかなものにするんだ、愛する人。ゆっくり進めよう。君が決して怖がったりしないように」

怖くなんかないわ。そう言いたいのに、エリザベスは言えなかった。おなかをゆっくり愛撫する指が彼の意思を伝え、五感を目覚めさせていくから。身を乗りだす彼のぬくもりを感じ、覆いかぶさってきた体の大きさを実感する。彼はすでに一糸もまとっていなかった。

エリザベスは目を閉じ、唇を開いた。ルチアーノが吐息をもらし、キスを深める。彼女も応え、両手でルチアーノにしがみつき、彼の腕に爪を食いこませた。そして、さらなる愛撫を求めて、体を弓なりに反らした。

そのあからさまな反応に、ルチアーノの中で何かがはじけた。彼は片手を伸ばし、彼女の腰から腿を撫で下ろしてナイトドレスの裾をつかんだ。慣れた手つきで、一気に喉もとまでまくりあげる。

ルチアーノがいったん唇を離し、ナイトドレスを頭からすっかり脱がせると、エリザベスは息をのみ、身を震わせた。するとまた、むさぼるようなキスで口を封じられた。愛撫の手がなめらかな肌を滑っていく。腿、ヒップの曲線、細いウエスト……。

エリザベスが彼の口もとに何かささやくと、ルチアーノは体を起こし、彼女の全身に目を走らせた。そして、平らな腹部から白い胸のふくらみへと指を滑らせた。

エリザベスは目を閉じた。彼の手に胸のふくらみを包みこまれて、うずく先端を親指でこすられる。そこがすっかり硬くなっていることに当惑し、彼女は恥ずかしげにもだえた。押し寄せる快感に身を任せたいと心から思う。

わかっていると言いたげに、ルチアーノは濃いピンクの頂を口に含んだ。刺激的な喜びにエリザベスの体がしなる。ルチアーノは顔を上げてそんな彼女を見下ろし、顎の輪郭に沿ってゆっくりとキスを浴びせた。エリザベスが目を閉じてそれに耐えていると、ほどなく彼はじらすのをやめ、彼女が望んでいたもの――唇へのめくるめくようなキスを与えてくれた。

こうでもしないと死んでしまうとばかりに、彼女はキスを返した。彼の髪をかきむしり、背中に爪を立てる。

「イギリスの女傑（イル・ヴィラーゴ・イングレーゼ）」ルチアーノはからかい、彼女を攻め続けた。

なんと言われてもいい。飛行機のベッドでおじけづき、彼を制したあのとき以前に戻りたい。この先に待っている快感を味わいつくしたい。

ルチアーノは力強い腕で彼女を押さえつけ、かすれた声で告げた。「ゆっくりと言っただろう。無理やり奪うつもりはないんだ、エリザベス」

ゆっくりだろうと早くだろうとかまわない。激しい感情にすっかり支配されていた。エリザベスは指をせわしなく彼の首に這（は）わせて顔を引き寄せ、もう一度唇を重ねようとした。「無理やり奪われたいわ」

「わかっていないな」ルチアーノの唇がゆがみ、口もとに険しい笑みが浮かぶ。「それに、何もかも終わったあとで、無理やり奪われたと僕を責める口実を君に与える気はない」

　エリザベスは目を見はった。「そんなこと、私はしないわ……」

「するとも」ルチアーノは断言した。「君は僕が欲しいのに、欲しがる自分はいやなんだ。そのことをいまは自分に忘れさせているだけだ。いずれ、思いつくかぎりの方法で僕を非難するだろう」

「こんなときにそんなことまで考えるなんて、本当に冷淡な人ね」エリザベスは落胆して言った。

「僕はただ、君のためにできるかぎり誠実であろうとしているだけだ」彼は歯を食いしばった。

「私のため？」エリザベスは耳障りな笑い声をあげた。すでに喜びは苦々しさに変わっていた。「出会った瞬間から、あなたが誠実だったことなど一度もないでしょう」握り締めた両の拳で突き放そうとするが、彼はびくともしない。「見下げ果てた人ね。いまのは、この結婚を続けてやるからもう一つ契約書にサインしろ、と言ったのと同じよ！」

　また考えなしに口走ってしまった。エリザベスは悔やんだ。息もできずにまばたきを繰り返し、凍りついた彼を見つめる。彼女は下唇を噛んで、ルチアーノの言葉を待った。

　ルチアーノが黙りこんでいるのを見れば、手遅れにならないうちに撤回したほうがいいのは明らかだ。けれど、頑固者と言われようと、前言を撤回するつもりはない。彼は身じろぎもせず、エリザベスの言葉が少しは心に届いたのかどうかもまったくわからなかった。彼女は不意に二人の年の差、経験の差を感じた。

「何か……何か言ったら」これ以上の沈黙に耐えきれなくなり、エリザベスは促した。

するとﾞ、意を決したようにルチアーノが動いた。長い腕を伸ばし、明かりのスイッチを入れる。たちまち二人の体は金色の光に照らしだされた。ルチアーノは、彼女の憂鬱(ゆううつ)そうな大きな目、枕もとに広がった髪、白い顔を冷静に観察している。エリザベスは目の前が真っ暗になった気がした。いま、彼女の心臓は重々しくゆっくりと打っていた。

ルチアーノの顔になんの感情も浮かんでいなかっただけに、次に彼の取った行動はエリザベスを驚かせた。

彼はエリザベスの髪に指を差し入れ、そのままうなじのあたりをつかんだ。息をのむ彼女の顔を上向かせ、なめらかな白い首筋にキスをする。

男性との経験がほとんどないエリザベスには、続いて何が起こるのか見当もつかなかった。しかし、これ以上はっきりした誘惑はなく、無意識のうちに身を硬くした。経験豊かなルチアーノは彼女のかたくなな態度をものともせず、無言のまま完璧(かんぺき)な力強さで抱き締めた。

感じやすい白い肌に、彼はありとあらゆる快感をもたらしていった。熱を帯びた唇を這わせてエリザベスをうっとりさせ、震える口にたどり着くと、容赦のないキスを浴びせた。彼女は頭がくらくらした。ルチアーノはさらに両手と唇を駆使して、こんなすばらしい感覚がこの世にあったのかと彼女に思わせるほどの巧みな愛撫を続けた。

ルチアーノの静かな声に命じられ、彼女は操り人形さながらにふるまった。快楽のわなにとらわれ、すっかり彼の言いなりだった。

あらゆる曲線やくぼみに愛撫を受け、たとえようもない快感が彼女を高みへと導いていく。ルチアーノが胸のふくらみを手でもてあそび、待ち焦がれているその先端を口に含むと、エリザベスはこらえきれずに彼の肩に歯を立てた。

次の瞬間、ルチアーノの指はエリザベスの下腹部へ滑りこみ、脚の付け根に達した。あまりの喜びに我を忘れ、彼女は官能の頂へのぼりつめていった。ルチアーノに屈して身をゆだねてから、エリザベスはずっと目を閉じたままだった。しかし、彼の体の重みから不意に解放されたとき、彼女はまぶたを上げた。すると、金色の瞳が彼女を見つめていた。

彼のすべてが光り輝く闇のようだった。彼の広い肩に遮られ、明かりはエリザベスまで届かない。ほどなくルチアーノが再び覆いかぶさってきて、彼女の充分に潤った秘めやかな部分に欲望のあかしをあてがった。続いて意識が遠のくほど深いキスをされ、エリザベスはついにそのときが訪れたことを感じた。

次の瞬間、ルチアーノは彼女のヒップを抱えるようにしてベッドから浮かせ、慎重に我が身をうずめていった。痛みを覚えつつも、エリザベスの体はルチアーノを迎え入れようとしていた。無垢(むく)な体に火矢を射られたようで、息もできない。あえぎながら、彼女はルチアーノの肩に両手の指を食いこませた。

「本当に、これを望んでいるのか？」ルチアーノがかすれた声で問いかけた。

いまさらそんなことをきくなんて。エリザベスはこみあげる涙をこらえた。大事なのは、あなたが私を欲しいか、でしょう？

それでも、エリザベスはうなずいた。二人の唇は触れ合わんばかりのところにあり、彼女はルチアーノの目をのぞきこんだ。そのとき、彼がまぶたを閉じ、我が身を深く沈めたので、エリザベスは苦痛に顔をゆがめた。ルチアーノは唇を震わせながらも、彼女の顔から両手で髪をかきあげ、優しいキスを繰り返して、緊張をゆっくりとやわらげていった。

さらに奥へと進んでくる彼に、エリザベスは圧倒的な力強さを感じた。ルチアーノの両手が腿からふくらはぎへ移動したかと思うと、両脚を持ちあげられ、彼の体に巻きつけさせられた。

いまや二人の体は完全に一つになった。ルチアーノは肩を震わせ、エリザベスには理解できないイタリア語で何事かささやいた。目指すところはわかっている。でもそこまでの道筋がわからない。彼女はじれ、触れ合っている彼の唇に向かって泣き声をもらした。

ルチアーノがエリザベスの髪をつかみ、顔を上向かせた。「僕を見るんだ」

目をつぶっていたことに気づき、エリザベスは重いまぶたを上げた。二人のまなざしがからみ合うなり、ルチアーノは激しく動き始めた。たちまち彼女は燃えあがり、一気に高まった目もくらむ興奮におぼれた。

エリザベスは初めて悲鳴をあげた。快感が炸裂し、強烈な白い光がまたたくなか、何もわからなくなった。ルチアーノは腕の中にいる彼女を眺めながら、自在に操っている。しかし、彼もやがて、低いうなり声を発して彼女のあとに続いて飛びこんだ。全身が震えるほどの恍惚とした喜びの中に。

私は魅せられてしまった。ずいぶんたってから我に返り、エリザベスはそう思った。ものの見事に、容赦なく、徹底的に、ルチアーノに魅せられてしまった。

まだルチアーノはエリザベスの上にいて、押しつぶされた胸のふくらみを介して、彼の鼓動が感じられる。彼女の両脚はまだ彼に巻きつけたままだ。親密なつながりは消えかかっているけれど。

とはいえ、エリザベスはわかっていた。いまの二人の姿は私の記憶から一生消えないだろうと。

エリザベスはそれを〝交わり〟と名づけた。それは体だけの関係を意味する、低俗なものだった。

彼女はルチアーノの体の下から慎重に手を抜き、巻きつけていた脚を下ろした。その動きで彼も動く気になったのか、片肘をついて体を起こし、明かりを消した。

あまりに圧倒的で、あまりに突然だった。

隣に横たわったルチアーノは、再び彼女を腕に抱いた。すべて終わったからあとは眠るだけだと言わんばかりに。

エリザベスはつらかった。涙が出そうで、目の奥が痛い。しかし、脚の付け根はまだ潤い、体には快感の震えも残っていた。

耐えられなくなってエリザベスが話しかけようとしたとき、ルチアーノの手がうなじの下に滑りこんできて、彼の胸に引き寄せられた。

まもなく、彼女を抱いたままルチアーノは眠りに落ちた。

みじめだわ。すべては自ら招いた結果なの？　終わったあとのこの残酷な沈黙は、彼に何度も歯向かった報いなのかしら？　知りたい。これほどの怒りを感じながら、どうして激しく彼を求めてしまうのだろう？　自分で自分がわからない。

エリザベスは彼から離れようとしたが、すぐに彼の両腕に阻まれた。そうやって抱かれていると、彼女はなぜか安らぎを覚えた。

隣にいるルチアーノが目を開けているとは、エリザベスは思いもしなかった。彼女が動いて体が触れ合うたびに、決して反応するまいと必死に耐えていたことも。

さらにエリザベスはもっと重大なことに気づかなかった。二人のいましがたの行為を、彼女はただの交わりと考えていたのに、ルチアーノは魂の触れ合いと思っていたのだ。

エリザベスは彼の腕の中で安らかな眠りに落ちた。

翌朝、遅くに目覚めると、隣はもぬけの殻だった。エリザベスは少しほっとした。ゆうべの出来事のあとで彼と顔を合わせるのは、きまりが悪い。それに、くだらない皮肉やひねくれた言葉を口走らないかと、気をもまずにすむ。好きなときにシャワーを浴び、彼に会う態勢を整えればいいのだ。

だが、実際はそんなに簡単なものではなかった。バスタブに体を沈め、初夜の濃密な体験を思い出すと、心と体がうずき、エリザベスは自分がいやになった……彼のことも。

私たちはいったい何をしているのだろう？

わかっているのは、この一週間のあいだに、ルチアーノを求める気持ちが急速に強まり、熱に浮かされたような状態になって自分を見失ったこと。自分の中にふくれあがった欲望にのみこまれてしまったこと。

それは、私がルチアーノを愛しているから？

違うわ！　エリザベスはさっと立ちあがった。違う、彼を愛してなんかいない。愛したくない！

ああ神様、どうか私を、希望のない道へと追いやらないでください。

エリザベスは三十分後に階段を下りたが、それにはかなりの決意を要した。昨夜の出来事についてまだ心の整理ができていなかった。そのうえ、いまも体のありとあらゆるところに残るうずきが、彼に会ったとたんにまた大きくなる気がして、怖かった。

玄関ホールに下りた彼女は、どこへ行くべきか迷った。直感に従い、きのう夕食をとった小食堂に足を向けた。そろそろお昼だ。けれど、体内時計が狂っているから、それがイタリア時間なのか、この島の時間なのかはわからない。腕時計はコモ湖の別荘に忘れてきてしまった。

昼間は、室内の様子がずいぶん違って見える。開け放たれた大きな窓から日がさしこんでとても明るいし、広く感じられる。窓の外の縞(しま)模様の日よけが波打っているのは、風があるせいだろう。眼下には中庭(パティオ)が広がり、奥に大きなプールがあって青い水面(みなも)

がきらめいている。その向こうには手入れの行き届いた色鮮やかな熱帯植物の庭園があり、白く輝く砂浜の手前まで続いていた。その先は紺碧（こんぺき）のカリブ海だ。いまいる場所からは、あずまやは見えなかった。

背後で物音がして、エリザベスははっと振り向いた。ルチアーノではなかった。ニーナがほほ笑みを浮かべて小食堂に入ってきた。

「けさはよくおやすみでしたね、シニョーラ。シニョール・サンティスは、時差があるから寝かせておくようにとおっしゃいました。けれど、この美しい日にあまり遅くまで寝ているのはもったいないと、私は気をもんでいました」

家政婦の快活なおしゃべりは、エリザベスの緊張をいくらかほぐしてくれた。彼女は昨夜と同じ椅子に座り、絞りたてのオレンジジュースを飲んで、新鮮な果物を口にした。ニーナは生まれたてのひなを育てる母鳥のように、かいがいしくエリザベスの世話を焼いてくれる。

「どうか、リジーと呼んで」エリザベスは〝シニョーラ〟という呼びかけが気になった。自分にふさわしいとは思えないし、かといって〝ミセス〟もしっくりこない。いいえ、まぎれもなくミセスよと、指にはまった金の指輪は主張しているけれど。

「だんな様は朝食のあと、農場管理のスタッフに会いにお出かけになりました。こちらにお見えになったときは、いつもそうなさるんです」

「農場？」エリザベスは興味を引かれ、きき返した。

ニーナはにっこりとうなずき、コーヒーをカップについだ。「このお屋敷と土地はシニョール・サンティスのおばあ様のものでした。大広間に彼女の肖像画がございますので、よろしければのちほどご案内します。幼いころのだんな様は、学校が休みになると、よくここでお過ごしになりました。おばあ様は芯（しん）の強い方で、集団農場の先駆者でした。まだお若かったのに、去年お亡くなりになり、だんな様が農場を引き継いだんです」

去年？　つい最近、ルチアーノがそんな悲しい目に遭っていたなんて、知らなかったわ。

「誰もがあの方の死をいまも悲しんでいます。とりわけシニョール・サンティスは。おばあ様のおかげで人間らしくなれたのだと、以前おっしゃったことがありました」ニーナはため息をついた。「大きな富と責任を生まれながらに背負っている者は、えてして、強くあるために本来の優しさを封印してしまうものですわ」またにっこり笑う。「いまは奥様が、だんな様を人間らしくさせるためにここへいらっしゃったんですね？　おばあ様が生きていたら、きっとあなたを気に入ったことでしょう。あなたはあの方によく似ています。お心の強さ、そして……」

「イギリス人だ」別の声がのんびりと言った。

パイナップルのひと切れを口に運ぼうとして、エリザベスは固まった。慌てて目をやると、ドア枠にルチアーノがもたれていた。チノパンツに青いTシャツというくつろいだ格好で、髪が少し乱れている。

「女傑（ヴィラーゴ）」家政婦は唐突に言い、ルチアーノにほほ笑みかけた。部屋の空気が急に張りつめたことには気づいていない。「あなたはあの方を、〝イギリス人の女傑〟とお呼びでした」

「イル・ヴィラーゴ・イングレーゼ」彼はイタリア語で言い直し、エリザベスを見つめた。

彼女の首から上がみるみる赤くなった。ゆうべ彼の背中に爪を立てたとき、そう呼ばれたわ。あの呼び名が彼の祖母のものだったなんて。エリザベスはパイナップルを皿に戻し、さっと立ちあがった。

「おはよう（ブオン・ジョルノ）、僕の美しい奥さん（ラ・ミア・モーリエ・ベッラ）」ルチアーノは袖（そで）なしの白いトップと青いミニスカートに目をやった。

エリザベスはブラジャーの中で胸の頂がうずくのを感じた。短いスカートから脚が出すぎているのも気にかかる。頬も熱いし。こんなふうに髪を後ろでまとめたりするんじゃなかった。カリブの暑さなどかまわずに、厚手のロングコートでも着ればよかったわ。

「いとしい人（カーラ）、返事は？」黙っている妻をからかう。

ないわ。まだしゃべれないもの。エリザベスは舌で唇の震えを押さえた。それを見つめるルチアーノは無表情で、何を考えているのかわからない。ただ、彼が見た目ほどくつろいでいないのはわかった。

「僕のかわいい純潔の花嫁は、口がきけなくなったのかい？」ルチアーノは愉快そうにきいた。「だったら、僕のつたない手管に望みをかけるとしよう」

エリザベスはどきどきした。「やめて」震える声で訴える。屈辱だわ。きのうの今日なのに、よくそんなことが言えるわね。しかも家政婦の前で。

「僕たちは二人きりだ」ニーナがいた場所を見やった彼女にルチアーノは教えた。「君がかわいらしく頬を染めたから、彼女は慌てて出ていったよ。花嫁がバージンだったことはもう秘密にはしておけない、愛する人（アモーレ）。シーツにしみができていたからね」

身もふたもない言い方で知らされ、エリザベスは顔色を失った。

「気づかなかったのかい？」ルチアーノはエリザベスのほうへ歩を進めた。「君が起きだしたあとでベッドメイクをしたメイドは気づいたはずだ」

彼のシャツの袖が肩をかすめ、エリザベスは一瞬ひるんだ。

ルチアーノはパイナップルに手を伸ばしながら、なおもからかった。「正直言って、あれを見たとき、僕は古きよき時代に戻った気がして、うれしくなった」パイナップルを口に入れる。「昼食に戻ったら、ひょっとして、あのあかしが窓から垂れ下がっているんじゃないかと期待したくらいだ。君の純潔のあかし、そして僕の……」

エリザベスは喉がつまり、彼に背を向けて逃げだした。吐き気をこらえて玄関ホールまでたどり着いたとき、背後で何かが壊れる音がした。ルチアーノがあざける相手を失って怒っているのかしら?

外はひどい暑さだった。エリザベスは引き返そうかと迷った。だめよ。あそこに戻るくらいなら、火あぶりになったほうがましだわ。彼女はどこへ向かっているかもわからないまま、芝生を突っ切った。どうして彼は、私にこんな残酷な仕打ちを続けるのだろう。お金で買われた花嫁になってたった二十四時間。あとどれくらい耐えられるかわからない。

エリザベスはあずまやに続く石段の上で膝を抱えて座り、海を眺めた。メイドたちがくすくす笑いながら、夫婦の秘密について話す姿が目に浮かぶ。ルチアーノは中世と言ったけれど、私からすれば……。

そのとき、すぐ後ろで足音が響いた。

8

「その……すまなかった」ルチアーノはもごもごと謝った。「さっきのは度を越していた」

じゃあ、わかっているの? それなら少しは救いがありそうね。そうは思っても、涙がにじむのをエリザベスは抑えきれなかった。「あなたの妻にふさわしくない女だったことで、もう充分に私を罰したわよね。だったら一つだけお願いするわ。イギリスに帰る飛行機の手配をしてちょうだい、ルーク」彼女は無意識のうちに彼を初めて愛称で呼んでいた。

ルチアーノのため息は潮風に吹き飛ばされた。彼はエリザベスの前にしゃがみこみ、青白い頬に指でそっと触れた。しかし、彼女はルチアーノを見ようともせず、必死に涙をこらえていた。

「ショックだったんだ」ルチアーノはぶっきらぼうに告げた。「けさ、シーツのしみを見て、僕は自分のものではないものを、君から奪った気がした」

「言い訳はそれだけ？」なおも彼を見ずに言う。

「いや、ほかにもある。しかし、いまの君は聞く気がないだろう」

それもそうね。彼のひねくれたものの見方を聞かされるのは、もううんざりだもの。「あなたがビアンカをたたくつもりだった鞭を、私には使わせないわ」エリザベスは言った。「あなたは私を二度傷つけた。ゆうべとけさと。さっきのひどいからかいは悪意に満ちていたわ」

「攻められたら攻め返す、ただそれだけだ。さっきは君に攻められそうだったから、先制攻撃に出たまでだ」

「あなたは自分がどういう人間かわかっているの、ルーク？」エリザベスはようやく彼に顔を向けた。

彼の目に後悔の色が見える。でも、同情なんかするものですか。「あなたは冷淡で、何事に対しても皮肉な見方をするわ。それに、人の気持ちがわからない。私を軽蔑してもかまわないと思っている。なぜなら、最初から明白だったからよ……私があなたに惹かれているのが」

彼の口もとに奇妙な笑みが浮かんだ。「軽蔑などしていない」

「シーツにしみができていた、ですって。思いやりのある男性なら、さりげなく教えてくれるわ。でもあなたは違う。さっさと出かけて、私がどんなに恥ずかしい思いをする羽目になるか考えもしない」

「君が自分で気づくと思ったんだ」

「残念ながら私は気づかなかったの」エリザベスはまた顔をそむけた。「たしかに私はバージンだった。けれど、そのどこがいけないの？　あんなふうにさんざん冷やかして。それとも、笑ってもかまわないと思うわけ？」

「これからはもっと上手にふるまえるよ」

もう遅いわ。

「きのうは……腹の立つことが山ほどあったんだ」ルチアーノは打ち明けた。「もちろん、そんなむしゃくしゃした気持ちを寝室に持ちこむべきではなかった。まして朝まで引きずるなんてどうかしている。どうか、僕の謝罪を受け入れてほしい。今後はもっと君を気遣うと約束する」

傲慢（ごうまん）な皮肉屋にしては熱心だわ。「まるで狩りをしているみたいね」エリザベスはうっかり口にしてしまい、悔やんだ。

ルチアーノは一瞬顔色を変えたが、悲しげに笑ってまた彼女の頬に手を伸ばし、自分のほうを向かせた。「ああ、そうかもしれない。僕が狩りをするとなると、ライバルの雄ライオンたちはさぞ迷惑に思うだろうな」

その言葉からは、これまでとは違う温かみが伝わってきた。これも、頭のいい彼が使う手練手管の一つなの？

「今度私にみじめな思いをさせたら、どんな脅しを受けようと、必ずこの結婚に終止符を打つわ」

驚いたことに、ルチアーノは素直にうなずいた。如才ない反論をしたりせず、真剣な表情で。彼はいつもの冷たい仮面を外したのだ。いまのエリザベスが見ているのは、怖いくらいに魅力的な紳士だった。

ルチアーノが立ちあがり、彼女を立たせようと右手を差しだした。

その手を握るべきかどうかエリザベスは迷った。結局わきたつ感情を抑えきれず、彼女は片方の手を彼の手にあずけた。

ルチアーノは彼女の手を引っ張って立たせた。そして、すぐに手を離そうとした彼女を、息がかかるほどぴたりと抱き寄せた。

エリザベスの心臓が大きく打ち始める。キスをするつもりだわ。そうされたいのかどうか、彼女は自分でもわからなかった。緊張のあまり、吐く息まで震えている。

「あの……必要なものがあるの」エリザベスは慌てて別の話を持ちだした。「あなたの有能なスタッフが私の荷物に入れ忘れたものよ」

「何をだい？」ルチアーノの声は悩ましいほどかすれていた。

「紳士はそういう質問をするべきじゃないわ」

「お互いに了解していたんじゃないのか？　僕は紳士ではないと」

エリザベスは彼の顔を見あげた。「そうね。じゃあ、帽子が一つと日焼け止めクリームが山ほど入り用なの」ルチアーノがすぐそばにいるせいで動揺していることをなんとか声に出すまいと彼女は必死だった。

でも、ルークは気づいているみたい。ひょっとしたら、私は震えているのかもしれない。もう何がなんだかわからない。彼のそばにいると震えるのは、いまでは癖みたいなものだから。

いずれにせよ、エリザベスはルチアーノに抱き寄せられて手を引っ張られ、二人のあいだにはわずかなすき間さえなかった。彼の体の熱がエリザベスの全神経を興奮させる。顔を上げると、目が合った。

彼女の目にどんな感情を認めたのか、ルチアーノは口もとをゆがめた。そして案の定、唇を重ねた。

一瞬の短いキスだった。エリザベスがキスに応えるべきかどうか迷う前に、彼は唇を離していた。

「じゃあ、買い物に行こう」ルチアーノは淡々と言った。

たったいま、私たちが新しい取り引きをしたのはわかっている。でも私は、それがどんな内容なのかよく考えなかった。

そして、ルチアーノはいつもの彼に戻っていた。すべてを……反抗的な妻をも制御したがる冷徹な男性に。


ルチアーノ自ら運転する車で二人は町へ向かった。オープンタイプのスポーツカーだが、白い肌を強い日差しから守るため、幌(ほろ)はきちんと閉じられていた。

さまざまなパステルカラーに塗られた小さな店を、彼らは何軒も訪ねた。どの店にも気になるものが置かれていたので、エリザベスはゆっくり見てまわりたいと思った。

エリザベスが知らないあいだに、ルチアーノは彼女の帽子を選んでいた。つばの広い、明るいピンクの帽子だ。代金を払うと、彼はそれを妻の頭にのせ、すぐに店を出てしまった。エリザベスには、色の選択に反対する暇もなかった。ピンクは彼女の髪にふさわしい色ではない。

「あなたって、本当に自分勝手な人ね」エリザベスはつぶやいた。

「生まれたときからずっとそうさ」

ルチアーノは彼女を薬局に連れていき、日焼け止め効果がいちばん高い商品を選びにかかった。エリザベスは彼の好きにさせた。だって……しかたないでしょう? ルークは私のすべてを決めてきたんだもの。私の衣類、結婚式……初夜さえも。

日焼け止めクリームは彼に任せ、エリザベスは一人で別の棚を見てまわった。あずまやでは口にしなかったが、女性の必需品はほかにもいろいろある。

支払いは彼がすませた。それを眺めていたとき、エリザベスは自分が甘やかされた高慢な女になったように感じた。そして、いい気になっている自分にひどく腹が立った。

並んで歩く際、ルチアーノは常に彼女の体に触れていた。ばったり知人に会ったときは、彼女の背中に腕をまわし、腰をつかんで引き寄せた。結婚式の日と同じく、態度で宣言しているつもり？　それとも新妻を守ろうとしているの？　答えの出ないまま、エリザベスは夫に体をあずけた。

「僕の妻、エリザベスだ」ルチアーノが知り合いに紹介した。

相手の反応を見れば、二人のスキャンダラスな結婚のうわさが、カリブ海のこの小さな島にまで伝わっているのがわかる。

「いとしい人、こちらは僕の友人、エレナとファビオのロマノ夫妻だ」

エレナ・ロマノは若くてほっそりした体つきで、とてもきれいだった。もっとも、漆黒の瞳を好奇心もあらわに輝かせている様子は、長く鋭い爪を持つ黒い瞳の魔女を連想させた。ファビオ・ロマノは長身で物憂げな感じのする中年男性だった。

夫妻は彼らの所有するクルーザーでカリブ海を航海中だと言い、午後を一緒に過ごさないかと誘った。しかし、ルチアーノはとても感じのよい態度で断った。ファビオもまた気持ちよくそれを受け入れた。ただ一人、ファビオの美しい妻は別で、いらだたしげな視線をエリザベスに注いだ。

「すてきな帽子ね。すごくかわいらしくて……ピンクで。その髪によくピンクを合わせる気になれたわね？」

「ルークが選んでくれたの」エリザベスはよどみなく答えた。「とてもかわいいし、このピンクがいいんですって」

エレナが笑い声をあげた。エリザベスは腰にルチアーノの指が食いこむのを感じた。

「あら」エレナは攻撃の手を緩めようとしなかった。「どうりで、今日の朝刊にあんなすてきな写真がのるわけね」合点がいったというように大きくうなずいてから続ける。「〝改心した放蕩者に寄り添う、うら若き純潔の白い花嫁〟」

まあ、なんて察しのいい性悪女なの！　エリザベスは息苦しさをこらえながら言った。「うちにはとても腕のいいスタイリストがそろっていますから。彼らは見事な仕事をしてくれました。そう思いません？」奥歯を噛み締めながらほほ笑む。

何年もビアンカと行動をともにしていれば、この手の女性の扱い方などいやでも身につく。エリザベスは不意に首を巡らしてルチアーノを見あげた。帽子のせいでルチアーノの顔が見えないからではない。彼の指がまたしても腰に食いこんできたからだ。

「ええ」エレナは視線をエリザベスのおなかに落とした。「それに、ほとんど目立たなかったし」

彼女のほのめかしにエリザベスは仰天し、息をのんだ。「そんな。考えてもみなかったわ」気を取り直して言い返す。「夫が結婚を無理強いされたのだと世間に思われていたなんて」

「いやいや、とんでもない」意外なことに、それまで退屈そうだったファビオがその話題を終わらせにかかった。「なに、エレナはあれこれ知りたくてうずうずしているだけさ。妻の悪い癖でね……きわめつけの性悪女の習性みたいなものだよ」

ええ、まったくね、とエリザベスは顔を赤らめているファビオに目で伝えた。

数分後、二人はロマノ夫妻に礼儀正しく別れを告げ、駐車場を目指した。

「ずいぶんと控えめに助けてくれたわね」エリザベスは硬い口調で夫をなじった。プライドをひどく傷つけられ、腹が立っていた。

対照的にルチアーノは平然と応じた。「君もすぐに学習するさ。エレナみたいな人間には何も言わないのが無難だとね」

おとなしく引き下がることなんか学習したくない

わ。いまのがイタリアで待ち受ける社交界の模擬試験だとしたら、そんな世界とはかかわりたくない。

「彼女、あなたに気があるのよ。だから私を攻撃してきたんだわ」

「また突拍子もないことを」ルチアーノはうんざりしたように言った。

「じゃあ、元恋人ね。あなたの〝純潔の白い花嫁〟になれなかったから、やっかんでいるのよ」

「彼女がバージンだったころのことを知りたければ、はるか昔にさかのぼらなくてはな」ルチアーノは笑った。「それに、僕の助けなしでも君は見事に対処してみせた。何を怒る必要があるんだ?」

「あなたの生きている世界がいやなの」エリザベスは小声で答えた。

ルチアーノはそれには何も言わず、車のドアを開けて彼女を乗せた。エリザベスは帽子を脱いで膝に置き、夫をじっと見ていた。彼は無言のまま買った品物を妻の足もとに置くと、助手席のドアを閉めて運転席に乗りこんだ。

「あの人が言っていた写真を見たいわ」

「だめだ」

車のエンジンが低くうなりだした。

「なぜ? あなたは見たの?」彼女は問いただした。

しかし、ルチアーノは硬い横顔を見せ、答えようとしない。車が屋敷に戻る坂道を走っているあいだ、エリザベスは考えを巡らした。すると、ジグソーパズルのピースがぴたりとはまり、けさの彼のひどい態度と、先ほどのエレナの話がつながった。

「あなたは見たのよ」エリザベスは怒りに駆られて断言した。「だからけさ、あんな残酷な仕打ちをしたんだわ。あなたは世間がその写真を見てどう思うか考えて気分を害した。とくに、どこもかしこも真っ白な私の姿が。あなたは、自分がきわめて古典的な手に引っかかった哀れな大富豪に見えたわけね」

「とてつもない想像力だな」

「写真を見たいわ」エリザベスは繰り返した。

ルチアーノは返事をせず、屋敷の前に車を止めて降りた。エリザベスも車を降り、ルーフ越しに夫をにらみつける。彼は顔をしかめてそれを受け流した。まるで手を振って蝿を追い払うかのように。

いいわ。エリザベスはさっさと屋内に入った。私だってばかじゃない。ルチアーノが住む家なら、インターネットに接続できる設備が必ずあるはずよ。

エリザベスは広い廊下を歩きまわり、片っ端からドアを開けて中をのぞいていった。

「屋敷を見学したいなら、僕が喜んで案内しよう」

ルチアーノの憎々しげな声がした。

「ニーナ、君は下がっていてくれ」

エリザベスが目を向けると、家政婦が奥に姿を消すところだった。ルチアーノは大理石の床の中央に立っている。腹立たしいかぎりだ。飛びかかって顔を爪で引っかいてやりたい。

エリザベスは両の拳を握り締めた。「あなたやほかのみんなが私の結婚式の写真を見ていいなら、私だって見る権利があるわ！」

「だめだ。はっきり言っておく」ほほ笑んだものの、彼女がきびすを返して次のドアを開けにかかったのを見て、ルチアーノはため息をついた。「なぜなんだ？　誰に対しても穏やかな君が、どうして僕にだけは……」彼の声はそこでとぎれた。

エリザベスはたったいま足を踏み入れた部屋の様子に気を取られ、夫の言葉を聞いていなかった。室内はほんのり明るく、淡青色の壁には、金の額にはまった巨大な肖像画がかかっている。

「女傑」エリザベスはつぶやいた。この広大な屋敷で書斎を捜していたことなど、驚きに打たれてすっかり忘れていた。「なんてすばらしいのかしら」

吸い寄せられるように、彼女は歩を進めた。

「アレクサンドラ・デ・サンティス伯爵夫人だ」ルチアーノが低い声で説明した。「貴婦人、女家長、悪い母親、すばらしい祖母、そして僕のもう一人のヴィラーゴ・イングレーゼ」

「私に似ている」エリザベスはぽつりともらした。

「ニーナはそう言ったらしいな」

「あなたはそう思わないの？」息をのむほど美しいアレクサンドラの顔を、彼女は見つめていた。まるでティツィアーノの絵画から抜けだしてきたようだ。

「君は金髪じゃないし、目も青くない。灰色だ」

でも、唇の形や小さくとがった顎、それに青紫のドレスの下にある、細い体は似ている。「これはおばあ様がおいくつのとき？」

「四十九歳だ」

ルチアーノの答えに、エリザベスは目を丸くした。

二十代にしか見えない。

「祖母の五十歳の誕生日の贈り物として、祖父がこの肖像画を描かせたんだ。祖父は言っていたよ、自分たち夫婦をつなぎ止めたものは祖母の美貌だけだと。祖母のほうは、自分が夫を許してきたからこそ別れないでいられたのだと言っていた。長い結婚生活のあいだ、祖父は性懲りもなく浮気を繰り返したそうだ」

「おばあ様は夫を愛していらしたのね」

「そう思いたいが、祖父はそんな真心に値しない人だった。それに、当時のイタリア社交界では離婚はまれだった」

「おばあ様はほかの面で夫に代償を払わせたのね」

「鋭いな」ルチアーノは驚いた。

なぜなら、私には彼女の心の奥までわかる気がするから。しかも隣に立つ男性のおかげで、より深く理解できる。この人の不実さときたら、目も当てられないほどだもの。

「夫は祖父にそっくりだ。君はそう思っているんだろう?」

あなたこそ鋭いわ。「そのとおりよ。あなたは欲しいものをなんでも手に入れる。そうする権利があると信じているからよ。しかも、お金や権力にものを言わせて」エリザベスは振り向き、昂然(こうぜん)と顔を上げた。「写真を見たいわ、いますぐ」

ルチアーノの視線が、なぜか肖像画からエリザベスの顔へとゆっくりと移った。私の中におばあ様を見ようとしているの? 表情からは何も読み取れない。心から愛したただ一人の人を思い出させるというだけで私との結婚を決めたのかどうかも。

厳格で、感情に左右されない傲慢な人。夫の返事を待ちながら、エリザベスはそんなことを考えていた。貴族であることも、彼がこういう人間になった一因なのかもしれない。誰かが爵位をつけて彼を呼ぶのを聞いた覚えはないけれど。

沈黙が垂れこめ、エリザベスは胸が苦しくなってきた。けれど、ここで引くわけにはいかない。たとえ、私に理解できないことが夫の心の中で起こっているとしても。

「僕たちは言い争ってばかりだな」

ルチアーノがようやく口を開くと、エリザベスはほっとしてうなずいた。

「君は自分が勝てると思い、決して折れない」

ええ、そう思いこんでいなければ、あなたに何もかも踏みにじられてしまうもの。「コンピューターを使うから、どこにあるか場所を教えて」

ルチアーノはほほ笑んだ。もしエリザベスがいまの自分の姿を見ることができたら、彼女はすぐに引き下がっただろう。だがもちろん、彼女自身には見えない。顎を突きだしたせいで乱れた髪が額にかかっているのも、胸のふくらみが激しく上下している様子も。それに、胸の頂がとがって夫のほうに向いているさまも。

しかし、ルチアーノには見えている。体が反応してしまうほどはっきりと。その眺めを楽しもうと、二人のあいだの緊張感を長引かせたいと思うほどに。やがてエリザベスは彼の視線を避け、目を落とした。彼女の目の先には彼の喉があった。その浅黒い肌こそすべての問題の元凶なのだ。そこに唇を押し当てた記憶が鮮やかによみがえり、同じことをもう一度したくてたまらなくなる。彼の喉もとにこうも魅了されてしまう理由はまったくのなぞだが、いまもそこはエリザベスに禁断の誘いをかけてくる。このまま彼に身をゆだね、そして……。

撤退も、ときには正しい選択よ。エリザベスは自分にそう言い聞かせた。「私、もう行くわ……」

「意気地なしめ」ルチアーノはあざけった。

次の瞬間、エリザベスはあっという間に夫に抱き締められ、唇をむさぼられていた。

それは熱いキスだった。いつまでも激しく求め続ける、切実なキス。終わったとき、エリザベスは激しくあえいでいた。柔らかな胸のふくらみを彼に押しつけていることに気づき、頬を染める。唯一の慰めは、彼も反応しているあかしを、下腹部に感じていることだった。

「こんなふうに、いきなり襲うのはやめて！」エリザベスは息を切らしながら抗議した。

「僕は誠実な男じゃないからね」

ルチアーノはにべもなく言い、また唇を奪った。

二度目のキスが終わるころには、エリザベスは震える体をあずけ、彼のうなじに手をまわしていた。

「早いのがいいのかな？　それとも、ゆっくり？」ルチアーノはなおも彼女の柔らかな唇を味わいながら尋ねた。「早いのは、たったいまここで服をはぎ取り、最低限のことだけをすませる。ゆっくりなら、寝室に行く。さあ、選んでくれ」

選ぶ？　エリザベスは困惑した。「わからないわ。

こういう駆け引きはあまり上手じゃないし」

「信じてくれ、カーラ、君はすごく上手だよ」

くぐもった声がかもしだす魅力に抗しきれず、エリザベスは彼の肌にぎこちなく唇を這わせた。ルチアーノがかすれた小声で悪態をつくのが聞こえ、ますます興奮がつのる。ところが、彼がいきなりエリザベスの腰をつかんで体を離したので、彼女は思わず震える声で言った。「ごめんなさい」

すると、ルチアーノは彼女の手をつかみ、廊下を引っ張っていった。どうやら、場所の選択は彼自らすることに決めたらしい。ルチアーノは階段をのぼり、寝室に入った。ドアを閉めてから、彼女を四柱式ベッドのそばに立たせて、近くの柱にもたれさせる。

「動くな」ルチアーノは一歩離れて命じた。

動けたらどんなにいいか。エリザベスはじっと柱にもたれたまま、彼が服を脱ぐのを見守った。つやを帯びた褐色の肌と引き締まった筋肉がみるみるあらわになっていく。Tシャツが消え、ズボンが下ろされ、続いて蹴るようにしてローファーを脱ぎ捨てる。もとから靴下ははいていないので、身につけているものはあと一つ。それも脱いで彼が一糸まとわぬ身をさらすと、エリザベスは息苦しくなった。

「気に入ったかな？」

エリザベスは唇を舌で湿してからうなずいた。

「僕が欲しいかい？」

「ええ、とても」

吐息まじりに答える妻に近寄り、ルチアーノはささやいた。「まずは君から楽しんでくれ」

エリザベスは我ながら驚くほどすばやく動いた。そして、信じられないほど夢中になった。彼に触れ、唇で味わう。彼は立ったまま、彼女のしたいようにさせていた。

愛撫とキスで、ルチアーノも彼女と同じように呼吸が荒くなっていった。興奮しているせいで、腹筋が波打っている。

エリザベスは彼の首に腕をまわしてしがみついた。それを機にルチアーノは主導権を奪い、攻めに転じた。ファスナーを見つけるのももどかしく、スカートを引き裂く。妻が悲鳴をあげたときには、スカートは足もとに落ちていた。

早くもルチアーノは膝をつき、ショーツを脱がせにかかっている。彼女の脚の付け根に唇を這わせてから立ちあがり、トップを頭から乱暴に引き抜いて彼女にまたも悲鳴をあげさせる。手早くブラジャーを外すと、二つのふくらみがこぼれ出た。彼はその両方を手のひらで受け止め、硬くとがった先端を唇でとらえる。たちまち喜びの衝撃が彼女の全身を駆け抜けた。

これがルークの言う〝ゆっくり〟なら、私には早すぎる、とエリザベスは思った。あまりにも激しく、情熱的だ。彼女は夫の固い二の腕に指を食いこませ、震えながら身をよじった。目は閉じたままだ。そのほうがすべてをより強く感じられるから。

ついにベッドに押し倒されるや、エリザベスは自らほっそりした脚を開いた。彼と体を重ねる喜びを、もっと深く味わえるように。

思考が止まり、ルチアーノに奪われる瞬間を彼女は待ち受けた。ところが彼は急がなかった。苦しみにも似た新たな感覚が彼女の中にじわじわ広がっていく。ついに一つになったときには、エリザベスは全身を震わせ、官能を味わう意識だけの存在と化していた。

これは単なる交わりではない、とエリザベスは思った。ルチアーノが慎重に入ってきたとき、肺の空気がすべて押しだされたようで呼吸すらままならなかった。これは愛の営みだわ。

二人は一体となって動き、呼吸し、すばらしい極みに達した。神経も肌も筋肉も、それに骨までも熱く溶け合う。昨夜と違い、ルチアーノの最後のキスはなかなか終わらなかった。やがて彼は、エリザベスの体からゆっくりと下り、隣に横たわった。

ルーク以外の人にはこんなことは絶対にさせないわ。ぼうっとした頭でエリザベスはそう思った。それを小声で口にしていたことにも気づかずに。

ルチアーノは再び柔らかな体を抱き締め、あの長く官能的な旅へと妻をいざなった。

午後のあいだ、二人はずっとそうして……愛し合って過ごした。服を着ることさえなく。

一緒にシャワーを浴び、並んでベッドに横たわり、愛撫とキスを際限なく繰り返しては愛し合った。そして、ぴたりと寄り添ったまま深い眠りに落ちた。

9

不思議な人だわ。エリザベスはルチアーノを見ながら思いを巡らせていた。夫はいま、強い日差しのもと、島の農夫と熱心に立ち話をしている。彼女のほうは、農家の青い外壁に取りつけられたポーチの下で、椅子に座って休んでいた。農夫の妻が運んできた変わった味の冷たい飲み物を口にして。

島に来てからの二週間で、エリザベスは三人のルチアーノを見た。島の友人たちに彼女を紹介するときの、冷静で洗練された彼。いまのように、農夫の説明に真剣に耳を傾け、仕事に没頭する彼。それから、彼女の体と心に耐えられないほどの要求を突きつけてくる情熱的な彼……とりわけ、真夜中に起こして、たったいま君が欲しいとせがみ、拒む余地を与えてくれない彼。

どうせ拒めはしないのよ、私は夫に夢中なんだもの。自嘲しつつ、エリザベスは彼に目を走らせた。白いシャツが張りつめている広い肩から、カーゴパンツのベルトまで。何も着ていない彼は最高だが、服を着ていても、抗しがたい魅力がある。たとえ着古してだぶだぶの膝丈のズボンをはいていても。

ルチアーノが肩をかすかにそびやかした。彼女の視線を感じたのだろう。二人のあいだではいつものことだった。磁力が空中を伝わるように、離れていても常にお互いを意識し合っている。

奇妙な味の飲み物をもうひと口飲み、エリザベスは思った。あさって、現実の世界に戻っても、私たちのこんな状態は続くのかしら?

ミラノ。そこはコモ湖畔のあの安心できる別荘とは違う。まぎれもない現実の世界だ。ルチアーノはそこで多忙な暮らしに戻り、私は……。

エリザベスはあれこれ考えるのをやめた。自分がどうするつもりなのか、わからないからだ。現実に戻ったとき自分がどうしたいのかわからないのに、頭を悩ませても意味はない。ルチアーノは二人でここにいるあいだ、現実世界を遠ざけてきた。それはたぶん、ここを離れたら何が待っているか、彼自身にもわからないからだろう。

ビアンカとマシューが姿を現したのかどうかさえ、エリザベスは知らない。父親ともまったく話をしていない。したくなかったし、ルチアーノもあえてすすめなかった。それに、島に着いて早々に結婚写真の件でもめてからは、二人ともその話題を避けてきた。島での暮らしこそが現実で、外の世界を幻想だと思いたかったから。

不意にルチアーノが振り向いた。あまりにすてきなその姿に、胸が締めつけられる。いつになく朝からずっと真剣な様子の彼が、エリザベスの手にしているグラスを見て何か言いたげな目をした。

あなたを愛しているわ。でも、どうかこの思いを悟られませんように。近づいてくる彼を見てエリザベスは祈った。農夫は電話で話しこんでいた。

「その残りをもらってもいいかな？」

返事を待たず、ルチアーノは妻の手からグラスを取って飲み干した。あなたの分も用意してもらっていると伝える暇もなかった。

妙な味だと思ったのか、彼も顔をしかめた。

この二週間、ルチアーノはどこにでもエリザベスを連れていった。とびきり裕福な友人にも、貧しい農夫にも会った。誰もが温かな笑みで彼女を歓迎してくれた。歓待は、ルークに対する彼らの敬意の表れだ、とエリザベスは確信した。そして、夫の祖母に対する崇拝のしるしでもある。誰もが、奥様は亡き伯爵夫人にそっくりだと口にした。

農夫の妻がポーチに現れ、ルチアーノと島の言葉で話し始めた。さっぱり理解できないが、エリザベスは平気だった。その魅力的な声の響きに聞き入る。とくに夫の声に。

「いったい、あなたは何カ国語を話せるの？」

ピンクの帽子をかぶり、幌を開けたスポーツカーで帰宅するとき、エリザベスは尋ねた。

「さあ」たいしたことじゃないと言いたげに肩をすくめる。「言葉に関しては覚えがいいんだ」

実際はすごいことなのに、とエリザベスは胸の内でつぶやいた。その能力はルチアーノについて多くを語っている。やり手の銀行家で、教養があり、洗練されていて……ありのままの自分に満足している。エリザベスはシートの上で脚を折り曲げ、彼の浅黒い横顔にほほ笑みかけた。

「何かな？」ルチアーノが彼女に目を向けた。

「傲慢なんだから」

「それは、とっくにわかりきっていることじゃないか」ルチアーノは前方に視線を戻した。

「じゃあ、うぬぼれ屋ね。百万カ国語に堪能（たんのう）なことを、肩をすくめただけで終わりにするなんて」

「百万カ国語？」ルチアーノの顔にけだるい笑みが浮かぶ。「変わった褒め方だな、いとしい人（カーラ）。それより、君だって驚くべき才能を持っている」

「どんな？ あなたが気に入っているというだけで、この髪に似合わないピンクの帽子をかぶること？」

「それも一つだ」彼はにやりとした。「僕が言いたいのは、僕と一緒に人と会うときは控えめにふるまい、神秘的な気配をかもしだす才能さ」

「神秘的ですって？」エリザベスは顔をしかめた。

「内気なだけよ。知っているくせに」

「僕しか知らないことだ……君のもう一つの才能が現れるときも、それを目にするのは僕だけだ。とても情熱的で、ときにはひどく挑発的なところ。ちょうどいまのように」

「いまの私のどこが挑発的なの？」

「腿までむきだしなのがわかっていながら、そうやってシートの上で子猫みたいに丸くなっているのはどういうわけだ？」

「思いこみの激しい人ね」彼女はスカートを引っ張って脚を隠した。

「君がそうさせるんだ。君はほかにも驚くべき才能を持っている。とくに胃腸の丈夫さに関して」同じ口調のまま、彼は妙なことを口にした。「なにせ、マーサのラム・パンチをがぶ飲みしてまっすぐ歩ける人間は、君以外に見たことがない。しかも、こうしてまともに会話をしている」

エリザベスは目を丸くし、ぽかんと口を開けた。

「じゃあ、あの変わった味がしたのはお酒なの？」

「マーサの自家製ラム酒だ」ルチアーノはうなずいた。「だから早く帰ろうと飛ばしているんだ。強いラムがきいてくる前に君をベッドまで運ぶために」

「ラム酒……」たしかに血がわきたつような感覚がある。エリザベスは不安になってきた。これまでにラムを飲んだのは一度きりだ。あまりのきき目に、それ以来口にするのを避けてきたのだ。

「あなたは寝室までついてこなくてもいいわ」エリザベスはシートから脚を下ろし、姿勢を正した。

「だが、僕たちはあんなにすばらしい時間を共有した仲じゃないか、カーラ」なかばからかうような口調で言う。「君はすべての慎みを忘れ、僕はそれを満喫させてもらった」

「以前に飲んだラムとは味が違っていたわ」エリザベスは再び顔をしかめた。

「市販のラム酒は慎重に蒸留し、何十年も寝かせてある。マーサの素朴なラム酒とは雲泥の差だ。最高のコニャックと魔女の煎じ薬くらいに違う。きくまでに時間はかかるが、いったんきき始めたら一巻の終わりさ」

車から降りようとしたとき、案の定、エリザベスは立てなかった。ルチアーノが笑い、助手席側にまわりこんで抱きあげ、家の中に運ぶ。彼女は夫の首にしがみつき、そこに唇を押しつけていた。

「デ・サンティス家の味が……するわ」エリザベスは息も絶え絶えに言った。本当にどうにかなりそうだわ。

「それも褒め言葉と受け取っておくよ」

彼女はうめき声をあげてまた首筋にキスをした。

ルチアーノは寝室のドアを開け放ち、ベッドに直行してエリザベスを下ろした。苦労して彼女の手をほどき、ドアを閉めに行く。戻ると、妻はベッドの中央に膝をつき、すでに服を脱ぎ始めていた。その姿は白い海に浮かぶ人魚のようだった。

「あなた、たくさん着すぎだわ」戻ってきたルチアーノを見るなり、彼女は不満をもらした。

「わかっているさ」

彼が服を脱ぎ捨てるあいだに、エリザベスは下着を取り去り、しなやかな体を伸ばして横たわった。

「すごくセクシーな気分よ。あなたの体じゅうを這いまわりたいくらい」

「あとでね」ルチアーノはベッドに上がり、妻を抱えあげて腿の上にのせた。

エリザベスはまた力強い首にしがみつき、唇を重ねながら夫の上で動いた。そして、彼の高まりをとらえると、喜びに身を震わせた。その瞬間、ルチアーノは息をのみ、彼女が楽に動けるよう、わき腹のあたりを両手で支えた。

エリザベスは官能の淵におぼれ、思いきりうめき、あえいで、笑い声さえあげた。ようやくクライマックスを迎えたときには痛みをともなうほどだった。

「ほかの男がいる場所でラム酒を飲んだりしたら、撃ち殺してやる」ぐったりともたれている彼女を抱き締め、ルチアーノは妻の髪にささやいた。

しかし、エリザベスは泣き声で訴えるばかりだった。〝もっとあなたが欲しいの〟と。

しばらくしてうつ伏せになって休んでいるとき、楽園では情熱がすべてだわ、とエリザベスは思った。体の細胞が一つ残らず生き返った気がする。

ルチアーノがバスルームから出てきた。清潔なにおいを漂わせてエリザベスの隣に横たわり、背筋に沿って指を走らせる。

「あなたはすごくすてきで、セクシーよ」エリザベスはほほ笑んだ。「それに信じられないくらい巧みだわ」

「そして君はまだ酔っている」ルチアーノは淡々と応じた。「だから、あとで僕に何を言ったか思い出して自己嫌悪に陥るぞ」

「そしてあなたの自尊心は傷つくのね」エリザベスは調子を合わせたものの、すぐにせつなげな吐息をもらした。「ねえ、もう一度お願い」

ルチアーノはその願いを無視した。仰向けになり、天井を見つめている。深刻な表情だ。「しばらく僕の話を聞いてくれ。話さなくてはいけないことがあるんだ」

返事がないので隣を見るなり、ルチアーノは顔をしかめた。エリザベスは眠っていた。

ため息をつき、再び天井を見つめる。けさインターネットで知ったニュースを教えるべきかどうか、ルチアーノはずっと迷っていた。これでまた、エリザベスに伝えるのが遅れてしまう。

目覚めたとき、エリザベスは一人だった。頭の痛みで思い出す。例のラム酒だわ。体を引きずるようにしてバスルームに向かったとき、節々の痛みに、もう一つ思い出した。あんな午後を過ごしたせいね。

シャワーを終えて濡れた髪をとかしながら窓の外を見たとたん、エリザベスは違和感を覚えた。二人の男性が砂浜を行ったり来たりしている。警護スタッフに違いない。

すぐさまエリザベスは寝室を出た。階段を下りる途中、慌てた様子のメイド二人とすれ違う。挨拶もそこそこに階段をのぼっていく。彼女たちの顔にいつもの笑みはなかった。

ますます胸騒ぎを覚えて階段を駆け下り、ルチアーノの険しい声がするほうへ向かう。彼は小食堂にいた。テーブルの傍らに立ち、携帯電話で話をしつつ、コーヒーをカップについでいる。

きのうと同じTシャツにカーゴパンツという格好だが、それ以外は一変していた。表情は険しく、声はとげとげしい。動作は俊敏だ。まるで四番目の彼と入れ替わったかのように。すっかり戦闘態勢に入った大物実業家の彼がそこにいた。

ルチアーノが彼女に気づき、目が合う。エリザベスはすかさず尋ねた。

「どうしたの?」

「ここに隠れているのを知られた」ルチアーノは携帯電話を閉じ、テーブルの上にほうり投げた。「エレナ・ロマノの仕業だ。彼女がインターネットに情報を流したんだ。ルチアーノ・デ・サンティスの甘い一面という、とても興味深い辛辣(しんらつ)な話をね。君のピンクの帽子も掲載されている。あの日、僕たちが立ち去るところを撮影したに違いない」

「でも、どうしていまごろ?」エリザベスは眉をひそめ、夫に歩み寄った。「二週間近くもたつのに」

「ファビオに捨てられたからだ。クルーザーの乗組員との浮気現場を、彼に見つかったらしい。マスコミの注意を彼女自身からそらすために、僕たちを利用することを思いついたんだろう」

「それで、彼女のもくろみは成功したの?」

「ああ」ルチアーノはついだばかりのコーヒーを妻に渡した。「マスコミの一団が島に押し寄せている。残念だが、即刻ここを切りあげるほかない」

彼が即刻と言ったら文字どおり即刻であることを、エリザベスは数秒後に思い知らされた。ヘリコプターが飛来し、プールわきの芝地に着陸したのだ。窓から見ていた彼女は、ルチアーノの手際にあらためて舌を巻いた。見るからに屈強そうな男たちが屋敷の周囲に配置されている。ルチアーノは完璧(かんぺき)な警護態勢を敷いたようだ。

「本当にここまでする必要があるの?」

「ああ」ルチアーノは硬い口調で答えた。「ほかにも知らせがある」彼女の目が自分に向くのを待ってから続ける。「駆け落ちした二人が姿を現した。ビアンカはいま、シドニーのヴィート・モレノの家にいる。君の兄さんはイギリスに帰った」

エリザベスは息をのんだ。彼の深刻そうな表情を見れば、悪い知らせが続くのは明らかだ。

「マシューはガトウィック空港で逮捕され、現在、警察の取り調べを受けている」

エリザベスは真っ青になった。「でも、たしか、あなたは言っていたわ。あなたが――」

「彼は自供したんだ」ルチアーノは遮った。「ハドレー社からの横領行為を進んで白状した。おかげで僕のもみ消し工作は吹き飛んだ。だから、この僕もミラノで申し開きをすることになった。十分後にここを発つ」

たった十分。だが、その支度の慌ただしさも、ミラノへの九時間のフライトに比べれば楽なものだった。そのあいだずっと、ルチアーノはエリザベスと口をきかなかった。もっとも、彼を責めるのは筋違いだ。彼はプライドと品位を傷つけられたのだから。そのことで兄も私も彼に許されることはないだろうと、彼女は覚悟した。

わずかな慰めは、マシュー逮捕の事実が世間に知られていないことだった。ルチアーノはフライトのあいだほとんどずっと、事件がマスコミにもれないよう電話で働きかけていた。

リナーテ空港に到着したのは早朝で、厚い雲から雨が落ちていた。真っ黒なスモークガラスのリムジンが、二人をミラノ市街まで運んだ。

ルチアーノは車の中でも電話をかけ続けていた。彼の声に聞き飽きたわけではないが、エリザベスはここ数時間、その声を頭から締めだしていた。

三十分後、二人はルチアーノのアパートメントにいた。彼は郵便物に目を通している。エリザベスは彼から離れ、部屋を見まわした。手紙類をあらためながらも、夫が彼女をちらちら見ているのを意識していた。彼にもわかっているのだ。結婚後の厳しい現実が二人にのしかかりつつある、と。

それを決定づけるように、ルチアーノはスーツに着替えた。彼のスーツ姿を見るのは二週間ぶりだった。上品なダークスーツが、肩幅の広さから脚の長さ、さらにはしゃれた感じに刈りそろえた黒髪まで、彼のすべてをいっそう魅力的に見せている。

「あとでこの家を案内するよ」

声までがエリザベスにはいつもと違って聞こえた。静かで……冷淡だ。彼女は夫を見つめてにっこりと笑った。「私、ここには前にも来たことがあるわ。一度だけれど」

前に訪れたのは、ミラノに到着した最初の週、ルチアーノが開いたパーティのときだ。あのときの彼の声も、こんなふうに冷たく感じられた。カジュアルに見えるデザイナーズ・ブランドのスーツを着た彼は、客のあいだを優雅に動いていた。彼にのぼせていた私のことなど気づきもしないで。一度だけ、立ち止まって話しかけてきた。〝やあ(チャオ)、元気？　楽しんでいるかい？〟と。

エリザベスは微笑を浮かべた。あのときのことを、もちろん彼は覚えているだろう。百万カ国語が頭に入っている人だもの、人との出会いを忘れるはずがない。

「大半はここで過ごすことになるから、気に入らないものがあれば、好きなように替えてかまわない」

エリザベスはうなずき、彼に背を向けてこのうえなく洗練された広い居間に入った。何を替えるというの？　灰色のシルク地に、大胆な茶色の縦縞(たてじま)が入ったカーテン？　それとも、すてきな茶色の革張りのソファにさりげなく置かれている、同系色のクッション？

全部を安物の木綿製品に替えてしまうというのはどうかしら？　趣味のよすぎる彼をいらだたせるために。絵画を一つ二つ替えてみるとか？　私が木炭で描(か)きなぐったスケッチ画でもかけようか？

彼女は窓辺に歩み寄り、外を眺めた。少しして振り返ると、玄関ホールへ続くドアのところにルチアーノが立っていた。表情は読み取れない。

「自分の部屋をもらってもいい？」エリザベスは口にしてから、何を言うつもりなのか考えた。

「自分の部屋とは、どういう部屋のことだい？」ルチアーノは即座にきき返した。

もうあなたと一緒に寝たくないから、そのための部屋よ。脳裏に浮かんだ言葉にエリザベスは愕然として、つかの間、何も言えなくなった。しかたなく肩をすくめて続ける。「自分の場所が欲しいの」とりあえずごまかした。爆弾発言をするなら、その前にじっくり考える必要がある。「私のがらくたが届いたら置いておける場所よ」

「がらくたが好きなのか？」ルチアーノは愉快そうに片方の眉を上げた。

夫は本当は愉快なわけではない。私の嘘を見抜いているのだ。震えかけた唇を引き結び、エリザベスはうなずいた。いまにも涙があふれそうだ。いまや二人のあいだには大きな溝ができている。急に彼との年齢差を意識した。十二歳上の彼は堂々としていて、待ち受ける難題に敢然と立ち向かう。ところが私は……。彼女は喉をごくりと鳴らした。心臓が重く打っている。わかっているわ。カリブ海の島の芝地にヘリコプターが到着した瞬間から、二人のあいだの溝は広がり始めたのよ。

溝はフライトのあいだも広がり続け、そしていま、エリザベスは淡い灰色のスーツ姿でここに立っている。こんなスーツが寝室の奥の衣装だんすにかかっていたことも知らなかった。自分が自分でないようだ。夫の好みに合わせ、慎重に身なりを整えた女。だけど本当の私は……。

「どうしたんだ、カーラ？」ルチアーノがかすれた声できいた。

「なんでもないわ」エリザベスはどうにか涙をこらえて答えた。「ここにいると変な感じなの……場違いみたいな気がして」

「そのうち慣れるさ」

安心させようとしているの？　それとも命じているの？「でも……」

そのとき、電話が鳴りだした。島に滞在中は電話のベルを聞かなかったので、二人はぎくっとした。

ルチアーノが玄関ホールのほうへ歩いていく。エリザベスも続いて部屋を出た。夫はドアが開いたままの書斎らしき部屋にいたが、彼女はアパートメントの奥のほうへ向かった。

記憶を頼りにキッチンまで行き、あちこち探しまわってコーヒーをいれるのに必要なものを用意した。ルチアーノがやってくる足音を耳にしたが、エリザベスは振り返らなかった。

「出かけることになった」

エリザベスはうなずいた。本当は、マシューのことや、自分の家族が彼に大変な迷惑をかけたことについて、何か言いたい。けれど、言葉が見つからなかった。

「いつ戻れるかわからないから、うちの社員を来させることにした。困ったことがあれば、アブリアーナ・トリスターノが対応してくれるはずだ」

エリザベスは彼のほうに顔を向けた。「あなたの秘書？」

「そうだ。アブリアーナは有能だから、すべて任せておけばいい。念のため、僕の携帯電話の番号も彼女に教えてある」

こんなのはいや。「私……あなたと一緒に行きたい」エリザベスは懇願した。「あなたの隣にいる姿をみんなに見せつけたいわ」

本当に久しぶりにルチアーノがほほ笑んだ。愉快そうでいて、欲望を感じさせる親密な微笑だ。顔からは険しさが消えている。その表情は、マーサの自家製ラム酒と同じくらい、エリザベスを酔わせた。

「愛する人（アモーレ）、君が隣にいたら、僕は気が散ってしかたがない。いまだって君がそんなことを言うから、近寄ってキスをしたくなる」

エリザベスはじっとしていられなかった。「じゃあ、私からそうするわ」夫に歩み寄って首に両腕をまわし、見境なくキスをする。

ルチアーノには、カリブ海の島で見せた温かさがいまもあった。同時に、ミラノに住む男性の上品な香りもした。彼は身を引くどころか、彼女の背中に両手を伸ばして抱き寄せた。島を出てからつきまとっていた不安が薄れていく。

「いじめられたりしないでね」エリザベスはしぶしぶ唇を離し、ささやいた。

「そんなことになると思うかい、この僕が?」

思わない。あなたが行ってしまう瞬間を引き延ばしたかっただけ。濡れた灰色の瞳で、彼にそう訴えた。「私、ただ怖くて」

「怖がらなくていい」ルチアーノは妻の唇にキスをした。「どう対応するべきか、僕にはよくわかっている」

玄関の呼び鈴が鳴り、ルチアーノはきびすを返した。玄関ホールに向かう彼の雰囲気も身ごなしも、すっかり変わったのがわかる。カリブの彼は消えてしまった。

アブリアーナは感じのいい女性だった。いやな人だったらどうしようという懸念は杞憂(きゆう)に終わった。ジーンズにスニーカーという格好で現れた彼女は、焼きたてのパンを買ってきてくれた。親しみやすく優しい彼女のおかげで、不安はだいぶ薄らいだ。電話も訪問者もすべて彼女が応対した。

まる一日がたち、エリザベスにも、自分が外との接触を断たれていることがわかった。コモ湖畔の屋敷にいたときと同じだ。マスコミからも守られている。さらに、電話や新聞からも遠ざけられていた。

しかし、さすがのルチアーノもテレビまでは止められなかった。テレビは彼に対する疑惑を報じていた。デ・サンティス銀行の頭取、ルチアーノ・デ・サンティスは義父への融資に関連して、はたして自らの地位を利用したのか、という疑惑が。

「こんなものは見ないようにと頭取はおっしゃっていましたよ」青ざめたエリザベスを見て、アブリアーナが忠告した。「頭取は何も悪いことはしていません。銀行のお金ではなく、彼個人のお金を使ったんです。証拠もあります」

「ええ」エリザベスはその言葉を信じたかった。でも、秘書の言うとおりなら、ルチアーノは取り調べを受けたりしないはずだ。

それから一週間、エリザベスはルチアーノと言葉を交わす機会さえろくになかった。帰宅は毎晩のように遅いうえに、夫は疲れきって憮然(ぶぜん)としていた。日に日に、彼の額に刻まれるしわが深くなった。

しかも、ルチアーノは夫婦のベッドで寝なかった。早朝に出て深夜に戻るから、エリザベスをわずらわせたくないと言って。頭では理解していても、身勝手だとわかっていても、彼女は夫が恋しかった。

一週間後の夜、エリザベスはベッドが上下に波打つのを感じ、浅い眠りから目を覚ました。すると懐かしい腕に抱かれ、むさぼるようなキスをされた。

ようやく息をさせてもらえるようになると、エリザベスは薄暗い中でルチアーノの顔をのぞきこんだ。顔つきが変わっていた。重圧や抑制から解放され、穏やかさに満ちている。

「終わったの？」

ルチアーノはうなずいた。彼女が見えるよう横向きに寝て片肘をつく。「銀行が告訴を取り下げたから、君の兄さんは罪に問われない。金が消えたのは二十四時間だけだからね。お父さんはただ真実を話しただけだ。その件は何も知らなかったと」

「それで、あなたは?」

「うまく言いくるめて乗りきった。一貫して同じ話をしただけだが。君の兄さんが手にした五百五十万ポンドについては何も知らないとしらを切るかぎり、僕が悪事を働いたとは証明のしようがない」

エリザベスは片方の手を伸ばし、彼の口もとに触れた。「でも、あなたのしたことは……法律に反することなの?」

ルチアーノは一瞬黙りこみ、不安げなエリザベスの顔を見つめた。それから彼女の手を取り、キスをした。「そうだな、道義的には」

エリザベスの目が涙で潤んだ。「ごめんなさい。私のために、悪いことをしなくてはならなかったなんて。でも……ありがとう」そして彼女は、この長かった一週間、ずっと言いたくてたまらなかったことをささやいた。「愛しているわ、ルーク」

ついに打ち明けてしまった。胸がどきどきしている。これ以上ないくらい彼に心を開いたせいだ。

しかし、ルチアーノは何も言わなかった。いつまでも妻の指へのキスを続けながら、まったく感情の読み取れない金色の瞳で見つめるばかりだ。

ややあって彼はやっとほほ笑んだ。「いちばん手ごわい相手から、愛らしく感謝されるとはね」軽い口調でさらりと言う。「力を尽くした甲斐(かい)はあったな」

急に後悔の念が生じ、エリザベスは起きあがろうとしたが、彼に阻まれた。

「いや、いまのは忘れてくれ。申し開きをする羽目になって、まだ神経が高ぶっているんだ。それと、君は信じられないほど優しいことを言ってくれた」

私をなだめようとしているの? それなら遅すぎたわ。私の胸は二つに引き裂かれてしまった。

「もちろん、僕も君を愛しているよ、僕の美しい人(ミア・ベッラ)。当然じゃないか。愛する女性のためでなければ、あんな綱渡りをするものか。ほかにどんな理由があるというんだ？」

そうね、どんな理由かしら？　欲望？　怒り？　プライドが傷ついたせい？　どれほどの犠牲を払おうと、ビアンカに捨てられた情けない男に見られたくないから？　理由ならいくらでも挙げられるわ。

「いま僕が欲しいのは君一人だ」

その言葉がエリザベスの疑念を断ち切った。

「苦しいほど欲しくてたまらない」

激しいキスに、彼女は何も考えられなくなった。

二人が切迫した思いに駆られて愛を交わしたのは、初夜に続いてこの日が二度目だった。そのことはエリザベスの傷ついた心に追い打ちをかけ、体は満たされたにもかかわらず、涙が流れた。

ルチアーノはその涙を舌でそっとすくい取りはしたものの、何も言わなかった。彼女をずっと抱き締めてはいたが、声はかけなかった。


翌朝、エリザベスが目を覚ますと、夫の姿はベッドから消えていた。彼女の中に苦しみだけを残して。

すぐには消えない苦しみだった。それどころか、ますます苦しむことになる運命だったのだ。しかし、ベッドから抜けだしたときのエリザベスは、そのことを知るよしもなかった。

本当はベッドの中にずっと隠れていたい。新しい一日が運んでくるものを見たくないから。でも、アブリアーナがやってくるまでには、きちんとしていなければ。

キッチンに行くと、置き手紙があった。やかんに立てかけてあったそれを震える指で取りあげる。そこにはルチアーノの筆跡でこう書かれていた。

〝八時にディナー。特別な店に予約を入れておく。すてきなドレスを選んでくれ。僕たちの初めてのデートだ。愛している、ルーク〟

ティ・アーモ、ルーク。

愛の言葉がもたらす衝撃を受け止めようとするうちに、涙がこみあげた。

ティ・アーモ、ルーク。

こんなこと、書かないでほしかった。私の告白は聞かなかったことにすればよかったのに。そうしたら私は……自分のばかげたふるまいを忘れる努力をして、きっと前に進んだわ。

〝ティ・アーモ、ルーク〟と彼が書いたのは、私に愛を打ち明けられたときの自分の態度を後ろめたく思ったからよ。〝ティ・アーモ、ルーク〟でご機嫌をとるつもりなんだわ。何があっても結婚生活を続ける必要があるんだもの。〝ティ・アーモ〟はその結婚生活を支える土台。たとえ心からの言葉でなくても。

エリザベスは手紙を丸め、苦しい胸を両手で押さえた。玄関ホールで電話が鳴りだしたが、受話器を取ったのは六回も呼びだし音が鳴ってからだった。

「もしもし?」

「エリザベスなのか?」ルチアーノが厳しい口調できいた。「なぜ君が電話に出るんだ? アブリアーナはどうした?」

親しい人たちの中で、どうして彼一人が私をエリザベスと呼ぶの? どうして彼だけが私にとって特別な人なの、つらくなるほどに?

「彼女は……まだ来ていないわ」

ひどい雑音が聞こえ、返事がない。何を言えばいいのか思いつかなかった。それに、唇がひどく震えているのは自分でよくわかっている。

「大丈夫か、カーラ?」ルチアーノが気遣わしげに尋ねる。

彼も妻の声の震えに気づいたのだ。エリザベスは唇を強く引き結んだ。たった一つの愛の言葉が、こんなにも私を苦しめ、困惑させるなんてあんまりだわ。〝カーラ〟ならかまわない。軽くて気楽な表現だから。

「ルーク、私、今日イギリスに行こうと思うの……父に会いに……」

「何をばかな」彼は噛みつくように言ってから、悪態をついた。「どうしたんだ？　なぜよりによってこんなときに、僕にそんな仕打ちをするんだ？」

あなたに？　いいえ、これは私自身にしていることよ！「考えてみたの……」

「考えるな！」ルチアーノは声を荒らげた。「くそっ、女の気持ちは一生理解できない！　いまそっちに向かっているところだ。僕が帰るまで何もするな。そもそもこうして話をしているのがおかしい！　電話にはアブリアーナが出るべきなのに」

「こっちに向かっているって、何があったの？」エリザベスは眉をひそめた。またひどい雑音が聞こえた。運転手つきの車の中で腹を立てている彼の姿が目に浮かぶようだ。

「戻ったら詳しく話す。予定が変わった。コモ湖畔の別荘に行くんだ。イギリスに逃げだすためじゃなく、コモ湖に滞在するための荷づくりをしろ！」

電話が切れた。エリザベスは信じがたい思いで受話器をぼんやり見ていた。彼は決して怒らない……激情に駆られたりしない人なのに。怒るよりは、むしろ相手の血を凍らせるような冷ややかさを好む人だ。

そのとき、玄関ベルが鳴った。彼女は受話器を戻し、アブリアーナを出迎えに行った。さまざまな思いが頭を駆け巡っていたので、何も考えずに鍵を開けてドアを大きく開いた。

そこに立っていた黒いドレスの人物を見て、エリザベスは愕然とし、うめくような声をあげた。

「ビアンカ！」

10

殺気立った目だった。

ビアンカはいきなり一歩踏みだし、エリザベスの頬に平手打ちを食らわせた。

「どうして、リジー?」ビアンカは強烈な憎悪をぶつけた。「どうしてルークと結婚できるわけ?」

頬を打たれた衝撃で、エリザベスは後ろによろけた。片手を頬に当て、なんとか声を絞りだす。「でも……あ、あなたはマシューと駆け落ちしたわ。ルークを捨てて……」

「彼を捨ててなんかいないわ!」親友は声を荒らげて言い返した。「ルークが私を追い払ったのよ。ほかの女性と出会ったから、もう私とは結婚したくないって!」

「だけど、事実じゃないわ。あなただってわかっているはずよ……」

ビアンカは怒りと苦しみの涙に目を光らせ、つかつかと家の中に入りこんだ。平手打ちされたショックにまだ身を震わせながら、エリザベスもあとを追った。

「マシューは私を助けてくれたのよ」居間の真ん中で、ビアンカは報道どおりの悲劇のヒロインとして話し続けた。「私が彼に電話をかけたの。気づいてしまったからよ、あなたとルークのあいだに起こっていることを……」

「何も起こってなんかいなかったわ!」

「マシューに、あなたを連れ帰ってもらうつもりだった。あなたが私の人生を台なしにする前に!」ビアンカは涙を見せつけるかのように、くるりと向き直った。「マシューも助けてくれる気でいたのに。

それなのにあのパーティの晩……完全にしてやられたわ。私はテラスにいたあなたとルークをつかまえたわよね。リジー、あなたの顔ときたら、二人のあいだに何があったか見え見えだったわ」

あのときの罪悪感がよみがえり、エリザベスは唇を開いたものの、言葉が出なかった。

ビアンカは容赦なくにらみつけた。「私はあなたをあの会場からさっさと追いだした。マシューがあなたの部屋に行き、首に縄をつけてでもイギリスに連れ帰るはずだった。でも、遅すぎたのよ」彼女は喉をつまらせた。声がうまく出ない。「私たちがホテルに戻った直後に、ルークも帰ってきたわ。そして、私とはもう終わりだと言ったの。マシューやいとこのヴィートの目の前でよ、リジー！　あんな屈辱、生まれて初めてだったわ」

こんな話は全部でたらめよ。とにかく、ビアンカが言っているようなことじゃないわ。だけど、わからない。どうして彼女は、それがさも真実であるかのように言い張るの？

「それが嘘だと、あなたは知っているでしょうに」

エリザベスの声は震えていた。

「嘘ですって？　初対面のときから、あなたは私の婚約者にのぼせあがっていた。違う？」

「ああ、そんな……」

「私たちは友達……親友だったわ！　なのにあなたは、最低の方法で私を裏切った。でもね、耐えられないほど踏みつけにされ、傷つくのがどういうものか、あなたもこれから思い知るわ。いいこと、リジー、私はルークの子を身ごもっているの。だから彼を取り戻すわ！」

沈黙の中に、その決定的な言葉が響き渡った。

そのあと、さまざまなことが一気に起こった。居間のドアのところにルチアーノが姿を現し、その隣に青ざめた顔のアブリアーナが立っている。ルチアーノを見てビアンカが泣きだし、駆け寄って胸に飛びこんだ。

「ごめんなさい、ごめんなさい」ビアンカは彼にしがみついて泣きじゃくった。

ルチアーノはその場に立ったまま、大理石の彫像のように顔をこわばらせ、エリザベスの顔を凝視していた。

ビアンカの話をルークも聞いたはずよ。彼が来る気配もかき消すほど、声高に叫んでいたのだから。なのにルークは否定しない。ビアンカを押しやりもしない。じっと私を見ているだけだ。私に何か言ってほしそうな表情で。けれど、何を言えというの？

暗い部屋で急に明かりがついたようなものだわ、と、エリザベスは思った。この数週間、目をそむけ続けてきた現実が、とうとう白日のもとにさらされた。我ながらばかだったと思う。でも、ルチアーノとビアンカが関係を持っていたとは、一度も考えてみなかった。これではっきりしたわ。もう認めるしかない。

打たれた頬の痛みを意識しながら、エリザベスはルチアーノの顔を見た。感情を抑えた険しい表情だ。一刻も早くここを出ていかなければ。吐いてしまう前に。

ビアンカはまだ彼の胸で泣きじゃくっている。エリザベスはやっとの思いで、震える脚を前に押しだした。いつの間にかアブリアーナの姿は消えている。見えない怪物に囲まれているように、恐怖がふくれあがっていく。

身を寄せ合っている二人の横まで来たとき、ルチアーノの手が伸びてきてエリザベスの肩をつかんだ。

「行くな」

エリザベスは立ち止まってルチアーノを見た。それから、彼にしがみついているビアンカを。もう一度彼の目を見る。エリザベスは微笑を浮かべようとしたが、震える唇がゆがんだだけだった。なんてドラマチックな場面かしら。男と、彼に捨てられた女と、彼の妻……。

ルチアーノが頼みこむように、エリザベスの肩に置いた手を動かした。「行くな。この件には片をつける」

片をつける……。しゃくりあげそうになり、エリザベスの喉が震えた。何に片をつけるというの？ ヒステリーぎみの元婚約者に？ 呆然自失のばかみたいに世間知らずな妻に？ それとも赤ちゃん？ そうよ、何よりも重要なのは赤ちゃんのことだわ。

エリザベスはルチアーノの手を振りほどき、寝室に逃げこんだ。衣装だんすの扉の鏡に映った自分を見つめる。まるで見知らぬ女性のようだ。瞳の色も同じ、髪の色も癖毛も同じなのに。

終わりね。終わりにすべきだわ。ビアンカの訴えが勘違いで、すべてはルチアーノの面目を保つためのつくり話だったとしても、もうどうでもいい。大切なのは、ビアンカのおなかに宿った新しい命よ。デ・サンティス家を継承する第一子。

私はルークとビアンカのあいだにつかの間、割りこんだだけ。だから、去るべきなのはこの私。ビアンカの言葉どおり、私は思い知る羽目になった。

鏡から目をそらしたものの、エリザベスは無意識のうちにベッドを見ている自分に気づき、うろたえた。ここから出ていくのよ。たったいま。それができなくなる前に！

悲しいことに、荷づくりは簡単だった。クローゼットの扉を開け、いちばん手近なスーツケースを取りだし、その中に手当たりしだいに持ち物を突っこむ。途中で衣装だんすの扉を開け、最初に目に入った服を引ったくった。まだ袖を通してない麻の黒い上着だ。いま着ているTシャツとジーンズの上にそれを羽織る。続いて自分のハンドバッグを手に取り、震える指で中身を確かめた。パスポート、クレジットカード……ちゃんとある。それを見て、詰めかけのスーツケースの存在は頭から消えてしまい、彼女は寝室のドアを力任せに開けた。

しんと静まり返った玄関ホールを、エリザベスは歩いた。ルチアーノの書斎のドアは閉まっている。ビアンカを書斎に通したのだろう。

外は雨。彼女は手を上げてタクシーを止め、乗りこんだ。リナーテ空港はいつもどおり混雑していたが、幸い出発寸前のロンドン行きに乗ることができた。そして三時間後には、ガトウィック空港の到着ロビーを歩いていた。

驚いたことに、最初に目に入ったのは父親の姿だった。また涙が出そうになる。「ど、どうしてお父さんが？」

「ルークから電話をもらった」父は説明し、彼女の後ろにいる誰かにうなずいた。

エリザベスは背後にちらりと目をやった。それから笑みをつくろい、沈んだ顔の父に目を戻す。アパートメントを出たときから、つけられていたんだわ。ルークの警護スタッフの一人に。

そのとたん、なぜか涙があふれ、エリザベスは父親の胸に飛びこんで泣きだした。

「大丈夫だ、リジー。おまえはもううちに帰ってきたんだよ」父親はぎこちなく娘の背中を撫(な)でた。かなり前から、父と娘は抱き合って泣くようなことはしなくなっていた。「さあ、帰ろう」

家へ向かう車中、エリザベスは兄の件を尋ねた。

「あいつは問題ない」父は答えた。「とんでもない冒険をしたが、少なくとも人生の教訓を得ただろう。いちばんの教訓は、人様のものに手を出したら、いっときは楽しめても、いずれそのつけを払うときが訪れるということだ」

それは、マシューが会社のお金を盗んだことを言っているの？　それとも私がビアンカからルークを奪ったこと？　エリザベスは怖くてきけなかった。

「マシューはいまどこに？」

「医療更正施設だ。ずいぶんと費用のかかるところだが、ルークが面倒を見てくれた……」驚いている娘に父は尋ねた。「知らなかったのか？　彼から聞いているものとばかり思っていたよ」

　短い結婚生活で得た教訓が一つあるとすれば、それはルークが自分の知らせたいこと以外は口にしないということだ。「なぜそんな施設に？」

「今度のビアンカとの件が起こるずっと前から、あいつは厄介な状況に陥っていたんだ」憂鬱(ゆううつ)そうに言う。「私のせいだ。二人の子供を自分の思いどおりの人間にしようとした私の責任だ。おまえたち自身の意思を無視して」

　エリザベスは黙って聞いていた。

「マシューは危険な連中から大金を借りていた。ハドレー社から金を借り、返済にあてようと考えたのがそもそもの始まりだ。そういうつまらない思いつきが、父親への仕返しというばかげた欲求をふくらませた。あとはおまえも知ってのとおり、ビアンカとオーストラリアまで逃げた。そこで教訓を得たわけだ。人生で最高の恋は、人生でもっとも健全な恋とはかぎらないとね。おそらくおまえ自身も、それを学んだと思うが」

　エリザベスはやはり黙っていた。ルチアーノと暮らしていたときの、無分別な自分のことは考えたくない。それよりも家に帰り、懐かしい自分の部屋で一生静かに過ごしたい。

　ところが、そうはいかなかった。二人が家の玄関ドアを開けると、電話が鳴っていた。父親が受話器を取る。

「ルークだ」娘に受話器を差しだす。

　しかし、エリザベスは唇をぎゅっと結び、キッチンへ向かった。彼とは話したくない。二度と。

翌朝もルチアーノは電話をかけてきたが、彼女はやはり出ようとしなかった。

「ルークにはとても世話になっているんだよ、リジー」父親は娘の冷淡な態度をたしなめた。

「私は違うもの。ルークに借りた分は返したわ」いまの声は彼にも聞こえたに違いないが、かまわない。キスとこの心の傷と、それに彼の嘘を全部信じてあげたことで、彼にはもう充分報いている。

じゃあ、彼の嘘って何？　頭の中で声がした。

やめて。私はいまの不幸のままでいいの。ほうっておいて。エリザベスはコーヒーのカップを持って自室に逃げこんだ。

その週は、もうルチアーノからの電話はなかった。そのことでエリザベスは彼を憎んだ。憎んで憎んで、復讐（ふくしゅう）する気だった。だから、ある日の夕方、ついに彼が玄関先に現れたときには、駆け寄ってひっぱたくつもりでいた。ちょうど、ビアンカがエリザベスにそうしたように。

問題は、相手がきわめて不機嫌で、とても手を出せるような雰囲気ではないことだった。エリザベスは彼の全身に目を走らせるなり、ひっぱたくのを断念した。この一週間、ヨーロッパを襲っている豪雨のせいで、頭のてっぺんから爪先までずぶ濡（ぬ）れだ。同時に、険しい表情は強い意志をたたえていた。

「入っていいか？」彼はいちおう許可を求めたものの、次の瞬間には鋭い口調で釘（くぎ）を刺した。「言っておくが、そうやって口をとがらせるのはやめるんだな。さもないと、その口をふさぐぞ」

ただの脅しではない。金色の瞳はエリザベスの唇を凝視していた。彼は本気だ、と彼女は察した。もっと困るのは、もうなじみになった魅惑的な震えが走り、彼がその言葉を実行に移したらどうなるか、つい想像してしまうことだった。エリザベスはその想像を追い払い、昂然（こうぜん）と顔を上げた。警告のまなざしを投げつけ、彼と正面から向き合う。

「やってくるなり命令するなんて、よくもそんなまねができるわね」エリザベスは怒気をこめて言い返した。「はっきり言っておくわ。あなたにそんな権利はもうない……」

ルチアーノが足を踏みだしたので、彼女は慌てて後退した。すかさず、眉間（みけん）にしわを寄せた黒ずくめの男性は中に入り、ドアを閉めた。

小ぢんまりした玄関ホールでは、彼の大柄な体は威圧感があった。エリザベスは息苦しさを覚え、さっと身をひるがえして居間へ向かった。火が燃えている暖炉の前まで来てようやく足を止める。

ルチアーノはドアのところで立ち止まった。二人は四メートルほどの距離をおいて向かい合った。

この家の天井はルチアーノの別荘やアパートメントのように高くはない。そのせいで、身長百八十八センチの彼はいっそう大きく見えた。とはいえ、エリザベスの目には夫が疲れているようにも映った。

「やせたな」

彼も同じように私を見ていたのね。「いいえ、やせてないわ」否定しながらも、エリザベスは思わず腕組みをした。そうすれば体重が数キロ落ちたのをごまかせるとでもいうように。

「それに……疲れているようだ。僕のことで眠れないのか、いとしい人（カーラ）？」

「いかにも傲慢（ごうまん）なあなたらしい言いぐさね」エリザベスはぴしゃりと返した。

彼女の予想に反し、ルチアーノは顔をしかめた。

「そうだ（シ）な、たぶん」彼はため息をついた。「コートを脱いでもいいか？　ここは……少々暑い」

そんなことが気になるほど長居はさせないわ。エリザベスはそう言いたかったが、結局はうなずいた。

なぜなら……信じられないことに、彼女の心はルチアーノに行ってほしくないと思っていたからだ。

彼がコートを脱ぐさまを、エリザベスはじっと見守った。コートの下はまたダークスーツだ。これはビジネスだと通告しているようなものね……。

「貸して」濡れたコートをどこに置こうかとあたりを見まわすルチアーノに声をかけ、彼女は近づいた。

コートを渡すとき、二人の指が触れ合い、ルチアーノは彼女の指を握った。しかし、彼女がはっと身構えたので、ため息をついて細い指を放した。

エリザベスは顔をそむけ、コートを持って居間を出た。戻ってくると、彼は暖炉の前に立っていた。

彼女に向けている背中も肩もひどく張りつめている。

エリザベスの目に涙がこみあげた。ばかみたい。彼が見ているのは私じゃなく、私の写真でしょう。高校を卒業した十八歳のときの写真。カメラに向かって恥ずかしげにほほ笑んでいる。あれはビアンカが撮ったものだ。

「彼女は……ビアンカはどうしているの？」

「元気だよ」ルチアーノが向き直った。「ロンドンの両親のところに戻っている。エリザベス――」

「あの、兄が施設を出ることになったの」エリザベスは慌てて口を挟んだ。

「ああ、知っているよ。エリザベス――」

「でも、ここには戻らないの。この町は小さくて、知り合いが多すぎるから。兄は事件を知っている人たちと顔を合わせたくないと、学生時代の友達のところにいるわ。その友達と世界一周の旅を計画しているの。ヒッチハイクでお金をかけずに……兄は自分を見つめ直すつもりなのよ。今度の事件で父がこれまでの態度を改めたことが唯一の救いね。兄には厳しく接しすぎ――」

「子供などいないんだ、愛する人（アモーレ）」ルチアーノが静かに遮った。

11

エリザベスは彼を見つめるばかりだった。

何も理解していないらしい彼女を見て、ルチアーノは顔をしかめた。「ビアンカは嘘をついた。彼女は妊娠などしていない。ただ腹を立てている。君に、僕に、マシューに、そしてばかなまねをした自分自身にも」

「じゃあ……ミラノのアパートメントまで来て、あんなことを言ったのは、私を傷つけるため？」

「そう、君と僕を」ルチアーノはうなずいた。「ただ、それを認めるまでにまる一週間かかった」金色の瞳が輝いた。「ビアンカは君という人をよく知っているんだ、僕の愛する人。何を言えば君が僕から逃げだすか、承知していた。だからいま、僕は不思議でしかたがない……」口調が一変する。「なぜ君はそんなところに突っ立っているんだ！　どうして感謝し、安堵して、僕に抱きついてこないんだ！」

いきなりルチアーノが怒りだしたので、エリザベスははっとした。「か、感謝って何に？」

「子供がいないことにだ」彼は答えた。「僕が認知訴訟にかかわらないですんだことに。何より重要なのは、僕が妻に選んだのは君だという事実だ。君は僕のアパートメントにとどまり、真実が明らかになるまで僕を支えるべきだった！」

エリザベスはようやく悟った。だからここに着いたとき、あれほど機嫌が悪かったのね。私があのままミラノに残り、もう一度みんなの笑いものにされる道を選ばなかったから、怒っているんだわ。身勝手にもほどがある。しかも、すてきな知らせを持ってきたと思いこんで、私が大喜びで飛びつくと期待していたなんて！

「もし私があなたに抱きつくと本気で思っていたなら、あなたは自分を過大評価しすぎよ。忘れたのかしら？　ビアンカが現れるより前に、私は出ていくつもりだったわ」

「何一つ忘れてはいない」ルチアーノはエリザベスに近づいた。「僕はただ、小さな出来事を水に流す機会を君に与えているだけだ」

「私は水に流したくないの」エリザベスは後ずさった。ドアに背中がぶつかり、慌ててルチアーノに警告する。「私に触れようなんて考えないで！　私に嘘をついて苦しめ、あらんかぎりの感情を搾り取ったあなたが、私に何を返してくれた？」不意に涙があふれる。それに気づいて彼が立ち止まった。「あなたがくれたのは、その見事な体を使った喜びだけ。私があなたに真心を尽くし、支えるのにはそれだけで充分だというの？」

ルチアーノはため息をつき、彼女に背を向けてうなじに手をあてがった。「いや、もっと報われるべきだ」

「それはどうもありがとう」彼に認めさせても、気分は晴れない。なんだかんだ言っても、やっぱり彼の胸に飛びこみたいと思っているなんて、死んでしまいたい。

そのとき、エリザベスは思い出した。あの置き手紙にあった〝ディ・アーモ〟を。身をひるがえしてドアを開ける。

「だったら、わかってもらえるわね。これでもうあなたとは終わりにしたいの」声が震えているのが悔しくてたまらない。「そろそろ父が戻るから、あなたには……」

「いや、お父さんは戻らないよ」

彼女ははっと動きを止めた。「なんですって？」

「すぐには戻ってこない。僕が来たのを知っているからね。僕が君を食事に連れだすと思っている」

「私があなたと食事に？　ごめんだわ」

「僕をここから追い払いたいなら一緒に行くしかないよ、いとしい人」

その冷ややかな口調に、エリザベスは思わず彼のほうに向き直った。その瞬間、わかった。いまの彼は、手段を選ばないデ・サンティスに戻っている。

でも、なんて背が高くてハンサムなのだろう。エリザベスは思わず唇を舌で湿した。「どういうことか説明して」

「ただ食事をするだけだ。もう店を予約してある。君は一緒に座り、食べるだけでいい」

彼が私にそれしか期待しないなんて、ありえない。

「君が望むなら、お父さんの借金の返済を……」

ほら、始まった。エリザベスは彼のこういうやり方をいやというほど理解していた。

「食事ね……」彼女は腕組みをした。彼の視線を意識し、胸が震える。「どこで？」

「僕の宿泊先、ラングウェル・ホールで」

ラングウェル・ホール……。貴族の屋敷を改装した、この地方随一のホテルだ。ルチアーノ・デ・サンティスには最高のものしかふさわしくないというわけね。「ラングウェル・ホールでの食事にふさわしいドレスなんか、一着もないわ」彼女は冷ややかに応じた。

ルチアーノは、彼女の着ているドレスをなめるように見た。生地は安物でしわだらけのうえ、形もくずれている。

「そのままでいい。食事をするんだ。ファッションショーに出るわけじゃない」

彼の傲慢さに、エリザベスは激しい憤りを覚えた。だったら、ラングウェル・ホールの瀟洒なレストランに、この格好の私をエスコートさせてやるわ。気分がめいって落ちこんで、着替えることもできず、二日間着た服で……。

「食事だけよ」エリザベスは言った。「家まで送ってくれたあとは、もう二度と脅迫しない？」

「ああ」ルチアーノはうなずいた。

エリザベスは黙って廊下に出た。階段をのぼって自室に向かい、支度を整えて居間に戻る。彼女は黒いレインコートを羽織り、その下には手持ちの中で一着きりの、かろうじてまともなドレスを着ていた。長袖でハイネックの黒い上品なドレスだ。

ルチアーノはすでにコートを着こみ、玄関で辛抱強く待っていた。彼が手配した車はベントレー・コンチネンタルだった。なんとも言えないぜいたくな乗り心地だ。車は土砂降りの雨の中を走った。

二人はひとことも言葉を交わさなかった。車内の空気は、嵐の前の静けさのように張りつめていた。

ラングウェル・ホールは、何もかもが彼女の期待どおりだった。オーク張りの静かな玄関ホールにオーク材の広い階段、いくつもの待合室には、年代物の美しい家具や、見事な磁器、貴重な絵画が配されている。

二人は優雅なレストランの奥のテーブルに案内された。さっと現れたウエイターがコートを受け取って下がる。蝋燭ではなく、淡いランプの明かりが銀器や磁器を輝かせ、洗練された雰囲気をかもしだしていた。

ルチアーノは手を振って給仕長を制し、自分で彼女を椅子に座らせた。「君にはダイヤモンドが必要だな」

「そんなもので懐柔されないわよ」ぴしゃりと言いながら、エリザベスはビアンカのダイヤモンドのことを思った。席についたルチアーノの口もとがゆがんでいる。きっと同じことを考えているのだろう。

「じゃあ、エメラルドか」ルチアーノは気を取り直して言った。「君の瞳の色に合わせて」

「古くさいわね。だいいち、私の瞳は灰色よ」

「いまは違う」ルチアーノはゆっくりと告げ、怒りに顔を紅潮させている彼女にほほ笑みかけた。

激情に我を忘れているとき、エリザベスの瞳が緑色になることを、二人ともよく知っていた。

どうやら瞳の色の変化は感情の種類には関係ないらしい。

給仕長がワインリストを持って戻ってきたが、ルチアーノはまた手を振って制し、彼の望む銘柄を注文した。ラングウェル・ホールの名にかけて、頼んだワインを用意するだろう。

エリザベスは二人の前に置かれたメニューを開き、じっくり選んでいるふりをした。ルチアーノは椅子の背にもたれ、じっと彼女を見ている。

「やめて」エリザベスは顔を上げずに文句を言った。

「君を見ているのが好きなんだ」ルチアーノは平然と応じた。「息もできなくなるときがある」

「ベッドではね」彼女ははっきりと口にした。

「君はベッド以外に僕に望むものがあるのか？」

その問いに心が揺れたものの、エリザベスは目を伏せたままでいた。「これを読みこなすほどフランス語はできないの」メニューを指して言う。「あなたに翻訳してもらわないと」

「ティ・アーモ。愛しているという意味だ」

慌てて顔を上げた拍子に、エリザベスはグラスを倒しかけた。「それはイタリア語よ。からかわないで、ルーク……」傷つき、声が震えているのが自分でもわかる。「でないと、帰るわよ」

しかし、彼の顔にからかっている気配はなかった。ため息とともに上着の内ポケットに手を入れ、身を乗りだしたかと思うと、彼女の手にしているメニューに何かをのせた。

エリザベスは視線を落とし、そして凍りついた。

「教えてくれ。その手紙のどの部分に腹を立てて、キッチンの床に捨てたんだ?」

涙があふれだし、エリザベスはかぶりを振った。

「覚えていないわ……どこに捨てたかは」

「このくだりか?」ルチアーノが一点を指して尋ねる。「〝八時にディナー〟頭ごなしに命令されたと思って怒ったのか? それとも、初めてのデートだと指摘するような鈍感なところか?」

私がどこに腹を立てたか百も承知なのに、わざと知らないふりをして、私をからかっている。「こんなゲーム、するつもりはないわ」エリザベスはいきなり立ちあがり、出ていこうとした。

ルチアーノもさっと立ちあがり、彼女の手首をつかんだ。「ティ・アーモ」

「やめて」

エリザベスは振りほどこうとしたが、無駄だった。かえって彼の手に力がこもる。

「君を愛している。聞いてくれるまで、何度でも言い続けるぞ」

「ベッドで冗談に言ったみたいに?」

言葉が勝手に口をついて出た。彼につけられた最大の傷を衝動的にさらしてしまったのだ。ほかの客が食事を中断して二人を見やり、レストランの中は静まり返った。

「この手紙で、僕はあの失態を償うつもりだった」

ルチアーノは熱を帯びたまなざしで彼女の目をとらえた。「ここに書いたのは、本気でそう思っていると知ってほしかったからだ。しかし君は、それを僕の冷笑的なユーモアや傲慢さだと解釈した」

「あなたは、世界一鈍感なろくでなしよ」

「ティ・アーモ」彼は屈せずに繰り返した。「君は言ったね、僕とは年が開きすぎていると。そのとおりさ。それでも僕は君を脅して結婚した。そして、死ぬまで君と結婚生活を送りたい」

「私はビアンカと同い年よ。彼女と何が違うの?」

エリザベスは顔をしかめて尋ねた。それこそいちばん知りたいことだった。

ルチアーノの表情が変わり、身を震わせている妻を胸に引き寄せた。あらがおうと口を開いた彼女に焼き印さながらの熱い唇を押しつける。それは欲望を伝えるだけのキスではなかった。口の中のあらゆる部分を攻めつくし、エリザベスを陶然とさせるキスだった。実際、彼女はルチアーノの腕に支えられていなければ倒れていただろう。

まわりの客が息をのみ、ざわめきが波紋のように店内に広がっていく。しかし、エリザベスの耳には何も聞こえなかった。

「これが違いさ」ルチアーノはやっと唇を離した。

エリザベスはかぶりを振った。「あなたは奪うだけだわ、ルーク。それを許していたら、私は奪いつくされ、何も残らなくなる。あの夜、あなたはとても残酷なことをしたのよ、わかっているの?」拳を握り締め、彼の胸をたたく。「それもわざと。短い置き手紙で帳消しにできると思う?」

どこかでひそひそ声がする。エリザベスがはっとして振り向くと、大勢の顔がこちらを向いていた。彼女は嗚咽をもらし、ルチアーノの手を振りほどいて逃げだした。しかし、正面ホールまで来たところで彼につかまり、抱きあげられた。

「あと一分たったら、またその拳を使ってもいい」

エリザベスの抵抗をものともせず、彼は向きを変えてエレベーターへと歩いた。

ホテルの勇気ある従業員がルチアーノを止めようとした。

「この女性は僕の妻だ」ルチアーノは決然と言い渡した。「夫婦のあいだに割りこむな!」そしてエレベーターに乗りこんだ。

二人を乗せてドアが閉まる寸前、正面ホールとその先のレストランが見えた。全員が立ちあがって二人を見つめていた。

「派手な立ちまわりをして、さぞかしご満悦でしょうね」エリザベスは悔しまぎれにわめいた。「さあ、下ろして！」

「君が僕の話をまともに聞くまでは死んでも放さない。情け容赦のない口うるさい女め。自分のせいで僕がどんな思いをしようが、君は気にも留めない。君は僕に恋をしているくせに、愛そうとしない！」

恋と愛の違いが気にかかり、不意にエリザベスは抵抗をやめた。

おとなしくなった彼女を、ルチアーノは床に立たせた。そのとき、絶妙のタイミングでエレベーターのドアが開いた。彼は彼女の手首を握り、廊下を引っ張っていった。気づいたときには、エリザベスは宮殿さながらのスイートルームの中にいた。

ようやくルチアーノがエリザベスの手を放し、どこかへ歩いていく。その後ろ姿から怒りが伝わってくる。何かのボトルを開け、グラスについでいる。それを一気に飲み干すと、彼女のほうを向いた。

「これ以上、僕に何を望むんだ？」ルチアーノは両手を広げて答えを迫った。「僕はビアンカを去らせ、速やかに君と結婚した。君のためにプライドも評判も危険にさらした。あとどれだけヒントを与えれば、そうまでした理由がわかるというんだ？」

エリザベスは混乱した頭をはっきりさせようと努めた。しかし、頭が受け入れてくれるのは、張りつめた彼の表情と、頬の濃い色だけだ。怒っている。むきになっている。いまの彼は信じられないくらい感情的で……すてきだ。なぜなら、彼がやっと心を開いてくれたから。この私に。

そわそわと動かしていた両手を、エリザベスは子犬のようにはねている心臓の上に重ねた。「ティ・アーモ？」穏やかな声で確かめる。

ルチアーノは息をのんだ。それからうなずき、ぶっきらぼうに言う。「ロンドンで君と初めて目が合った瞬間からね。とてつもない衝撃だった。最初は君が祖母に似ているからだと思った。だがその衝撃はいつまでも消えなかった。消えてほしかったのに。僕の人生はすでに設計ずみだったからだ。ビアンカと婚約していて――」

「それに、彼女とベッドをともにしていた」エリザベスがかすれた声で口を挟んだ。

「僕は三十四歳の健全な男で、禁欲主義を貫いているわけではない」

「そんなことじゃなくて、私はただ……」エリザベスは口ごもり、唇を嚙み締めた。これを言えば、愚かで子供っぽく聞こえるだろう。彼に対しても不当だ。でも、とにかく私は、ビアンカが妊娠を口走るまで、なぜか友人とルークがそういう関係だとは考えもしなかった。そしていまは、なぜ二人の関係がこうも気になるのか、自分でもよくわからない。

「僕はビアンカとはただ……」

「もうやめて」エリザベスは喉をつまらせながら訴えた。私とビアンカを比べるのはやめて……。

「そうだな」ルチアーノはため息をついた。肩を落とし、エリザベスに背を向ける。「いや」すぐに向き直って彼女を見た。その目は険しい。「やはり、言っておくべきだな。ビアンカとは結婚を前提にしていたから、当然、親密な関係にあった。いまは二十一世紀だ、カーラ。たいていの女性は婚約者とのそういう関係を受け入れる。だが、その関係は君に出会ったときに終わった。たぶん、それもビアンカがほかに恋人をつくるようになった理由だろう」

エリザベスの愕然とした顔を見て、彼は皮肉な笑みを浮かべた。

「ビアンカとの結婚は、愛情とはまったく無縁の取り決めだったんだ、カーラ。王家に嫁ぐと表現したビアンカの言うとおりさ。彼女は家柄がいいし……

美人だった」言葉が喉に引っかかり、ルチアーノは口ごもった。「しかし、僕は考え違いをしていた。傲慢にも、自分にふさわしい女性を探すべきだとは考えもしなかった。ビアンカがいればその必要はないと。そうやって差しだされたものを安易に受け取ったことは、ビアンカのためにも、僕自身のためにもならなかった。君に出会い、あまりに強く惹かれてしまったために、誰に対しても誠実ではいられなくなったんだ。君が僕に向ける熱いまなざしに心を引かれた。けれど傲慢な僕は、それを当然の反応と思い、なぜ君のまなざしに心を引かれるのか、深く考えようとしなかった」

金色の瞳が、エリザベスの青白い顔をしげしげと見つめる。

「君の髪を見ると僕はうっとりする」ルチアーノはささやいた。「その色も、奔放にはねる癖毛も、それを気にかけない君も大好きだ。君の女らしい柔らかな体も。だから、君がいないベッドで寝るのは寂しくてたまらない。君の豊かな胸をこの手に包んで眠りに落ちたい。君のキスで目を覚ましたい。もっと聞きたいか?」彼は憤然として尋ねた。

猫の前で動けなくなったねずみさながらに、エリザベスは身じろぎもできず、かろうじてうなずいた。

「わかった」ルチアーノは深く息を吸った。「僕は、あんなに乱暴に君の純潔を奪った自分が許せない。ずっと苦しんでいる。そして、ビアンカに妊娠を告げられたときの君のあの顔。もう二度と見たくない。それから、自分にうんざりしている。君の着るドレスについてもっともらしいことを言ったりして。ドレス越しでは、君の美しい体は見えないのに。僕は見たいんだ。たとえ二度と触れさせてもらえなくても、君に欲望を感じ続けるだろう。ああ、ほれぼれするよ……」声が優しくなる。「君がそこに立って僕の話に耳を傾けてくれている姿に。君にはちゃんとわかっている、これから報酬を得られると……」

ルチアーノは敢然と彼女のほうに足を踏みだした。

「わがままで非情な欲張り女が、セックスについて考えていれば、当然得られる報酬をね」

「セックスじゃないわ」エリザベスはぴしゃりと言った。「私たちは愛し合うのよ」

「ほう」ルチアーノの顔が輝いた。「すると、その違いを認めるんだな？」

ルチアーノは彼女の髪をひとつかみして、そっと引っ張った。顎を上げて白い喉をさらした彼女と静かに見つめ合う。

「いまの君の瞳は緑色だ。君はいま、僕の服を引きちぎりたがっている」

「あなたの赤ちゃんが欲しいわ」エリザベスは熱をこめてささいた。

金色の瞳をくすぶらせ、ルチアーノは彼女の背中に手をまわし、ドレスのファスナーを下ろした。

安っぽい黒い布が床に落ちるのと同時に、エリザベスの指は彼のシャツのボタンを外しにかかった。彼の上着はもうどこかに消えていた。シャツを脱がせる指が素肌に触れるたび、胸の筋肉が震える。

ルチアーノは片時もエリザベスの瞳から目を離さなかった。彼はキスを待ち焦がれている唇をすぐには奪わず、妻の欲望がさらに高まるのを待った。それを二人とも望んでいたからだ。

シャツがわきに投げられ、ドレスもそれに続いた。エリザベスは自らブラジャーも外してほうり投げた。二人の体はまだ触れ合っていない。ルチアーノが彼女の髪を指にからめ取り、エリザベスが彼のズボンを脱がせようとしているだけだ。

それでも、エリザベスの唇は震え始めていたし、彼の瞳は燃えるような黄金色に変わっていた。

「靴は自分で脱いで」彼女が促す。

ルチアーノが言われたとおりにまず片方を脱ぐと、

エリザベスは彼の首に片手をまわし、もう一方の手を緩んだズボンの中に入れた。続いて伸びあがって彼の耳にキスをし、ささやく。「ティ・アーモ」

その言葉がマーサのラム酒のように彼を酔わせるさまを、彼女ははっきりと認めた。

「ティ・アーモ」もう一度、今度は彼の熱い唇に沿ってささやく。それから片方の手を彼の首にまわし、飢えたように唇を重ねた。

彼女に下唇を噛まれたとき、ルチアーノは言った。

「この償いは、きちんとしてもらうぞ」

「また返済するものが増えたのね」エリザベスはわざとらしく大きなため息をついた。「五百五十万回のキスに、デ・サンティス家の子供たち、それと、あなたの唇に噛みついた代償」

「一生かかっても返済できないな」ルチアーノは断言した。エリザベスを抱きあげて寝室まで運び、彼女をベッドに下ろす。それはこのうえなく官能的な四柱式ベッドで、カリブ海の島の豪勢なベッドもかすんで見えた。深紅の重厚なカーテンが天井から下がり、ベッドカバーも同じ色だ。おかげで、エリザベスの肌は真珠のように白く輝いて見えた。

彼はその姿に見とれた。

「返済しきれるかどうか、試してみてくれ」

一糸まとわぬ姿になったあとで、ルチアーノは言った。続いて、彼はエリザベスも同じ姿にさせた。

その冷静で無駄のない動きは、これから体を重ねる相手を必ずや満足させることができると自認している男ならではのものだった。

「たったいまから返済に取りかかるのね?」エリザベスは屈託のない笑みを浮かべて尋ねた。

「ああ」ルチアーノは身を乗りだし、一気に妻に覆いかぶさった。「しっかり帳簿につけておくよ」

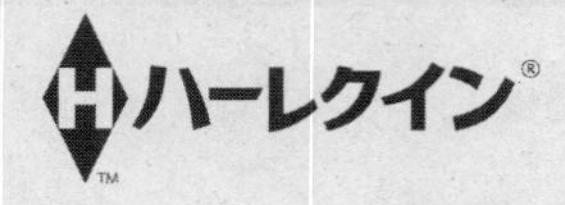

ハーレクイン・ロマンス　2009年5月刊（R-2389）

嘆きのウエディングドレス
2023年9月20日発行

著　者	ミシェル・リード
訳　者	水間　朋（みずま　とも）
発 行 人	鈴木幸辰
発 行 所	株式会社ハーパーコリンズ・ジャパン 東京都千代田区大手町 1-5-1 電話 03-6269-2883(営業) 0570-008091(読者ｻｰﾋﾞｽ係)
印刷・製本	大日本印刷株式会社 東京都新宿区市谷加賀町 1-1-1
装 丁 者	高岡直子
表紙写真	© Forever88, Christian Mueringer, Kettaphoto, Maxborovkov ǀ Dreamstime.com

造本には十分注意しておりますが、乱丁（ページ順序の間違い）・落丁（本文の一部抜け落ち）がありました場合は、お取り替えいたします。ご面倒ですが、購入された書店名を明記の上、小社読者サービス係宛ご送付ください。送料小社負担にてお取り替えいたします。ただし、古書店で購入されたものについてはお取り替えできません。®とTMがついているものは Harlequin Enterprises ULC の登録商標です。

この書籍の本文は環境対応型の植物油インクを使用して印刷しています。

ISBN978-4-596-52342-6 C0297

◆◆◆◆ハーレクイン・シリーズ 9月20日刊 発売中

ハーレクイン・ロマンス
愛の激しさを知る

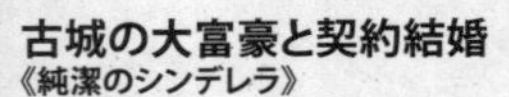

古城の大富豪と契約結婚《純潔のシンデレラ》	ミリー・アダムズ／飯塚あい 訳	R-3809
世継ぎを産んだウェイトレス	ケイトリン・クルーズ／雪美月志音 訳	R-3810
メモリー《伝説の名作選》	ゼルマ・オール／国東ジュン 訳	R-3811
まだ見ぬ我が子のために《伝説の名作選》	アン・メイジャー／秋元美由起 訳	R-3812

ハーレクイン・イマージュ
ピュアな思いに満たされる

純白の灰かぶりと十年愛	レベッカ・ウインターズ／児玉みずうみ 訳	I-2771
嘘と秘密と白い薔薇《至福の名作選》	マーガレット・ウェイ／皆川孝子 訳	I-2772

ハーレクイン・マスターピース
世界に愛された作家たち
〜永久不滅の銘作コレクション〜

とっておきのキス《ベティ・ニールズ・コレクション》	ベティ・ニールズ／竹生淑子 訳	MP-78

ハーレクイン・プレゼンツ作家シリーズ別冊
魅惑のテーマが光る
極上セレクション

嘆きのウエディングドレス	ミシェル・リード／水間　朋 訳	PB-369

ハーレクイン・スペシャル・アンソロジー
小さな愛のドラマを花束にして…

こぼれ落ちたメモリー《スター作家傑作選》	リン・グレアム 他／藤村華奈美 他 訳	HPA-50

文庫サイズ作品のご案内

◆ハーレクイン文庫・・・・・・・・・・・・・・毎月1日刊行
◆ハーレクインSP文庫・・・・・・・・・・・毎月15日刊行
◆mirabooks・・・・・・・・・・・・・・・・・・毎月15日刊行

※文庫コーナーでお求めください。